金庸小說與文學

楊興安 著

金庸先生功業頌讚

射鵰張弓文壇光耀百世名號潹金
逐鹿勒馬讀者猶遍九州不論賢庸

晚　楊興安　恭撰

釋義

金庸小說首作《書劍恩仇錄》，卻以《射鵰英雄傳》成名飲譽。故說「射鵰」奠定文壇百世地位，名字成金漆招牌。最後創作《鹿鼎記》收筆，有如勒馬不再。但讀者仍遍天下，網羅賢庸。

上聯指功業垂遠，時日長久；下聯喻讀者廣眾，無遠弗屆。

作者攝於明報辦公室。

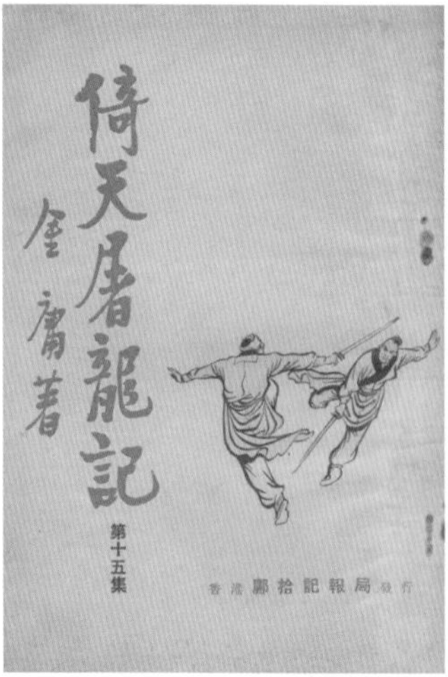

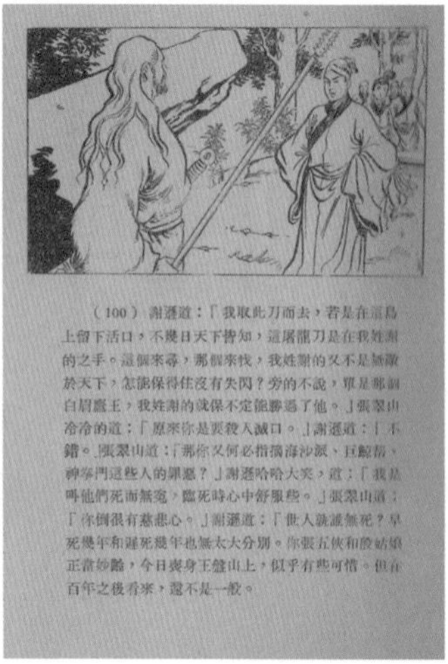

（100）謝遜道：「我取此刀而去，若是在這島上留下活口，不幾日天下皆知，這屠龍刀是在我姓謝的之手。這個來尋，那個來找，我姓謝的又不是無敵於天下，怎能保得住沒有失閃？旁的不說，單是那個白眉鷹王，我姓謝的就保不定能勝過了他。」張翠山冷冷的道：「原來你是要殺人滅口。」謝遜道：「不錯。」張翠山道：「那你又何必指摘海沙派、巨鯨幫、神拳門這些人的罪惡？」謝遜哈哈大笑，道：「我是叫他們死而無冤，臨死時心中舒服些。」張翠山道：「你倒很有慈悲心。」謝遜道：「世人誰能無死？早死幾年和遲死幾年也無太大分別。你張五俠和殷姑娘正當妙齡，今日喪身王盤山上，似乎有些可惜。但在百年之後看來，還不是一般。

六十年代書局每周出版一冊金庸小說合訂本。當年讀者均愛從小書檔租兩天一夜追讀。

作者（左一）出席雲南大理研討會為講者。

作者於香港沙田博物館為主講嘉賓。

開平商會中學邀約講述金庸小說，與該校陳老師合照。

灼見名家邀約主講「從金庸小說學寫作」版面。

目錄

序言

新版序

紀念金庸誕生一百年

楊興安

在此之前，筆者曾撰寫《金庸筆下世界》和《金庸小說十談》論述金庸小說，反應都很不錯，在香港和台灣多次再版。但踏入廿一世紀，只有在圖書館得見，市肆書坊已售罄絕版。

筆者曾在北京大學等文化機構參與多次「金庸小說國際研討會」，除了中國學者作家，見到多位外國人士以普通話發言，談論研究金庸小說心得，其盛況可知。當中有個奇怪現象，是探討金庸小說是否文學作品。在各抒所見下，始終未有定論。

回到香港後，在公餘之暇，便用心探討這個問題。經過好一段時間，肯定金庸小說是文學作品。其為人誤解原因，是金庸寫得太好，作品太有娛樂性和流行通俗的元素。使人忽略了作品的深層次內涵，也有人把通俗和鄙俗混為一談。

《金庸小說與文學》前後花了兩年多時間才完稿。有點遺憾的，是其中內容有些地方要引用自己的前著，但無可避免。因為對金庸小說一些評價觀念，多年來也沒有改變。而未必所有讀者有機會讀到拙著前書，不作引用反而成了缺失。此外，本書是以一個作家的視野來下筆，比較特別一點。

本書除了闡述金庸小說的文學元素、文學價值之外，亦旁及我國武俠小說源流和發展，亦述及金庸小說對華人文壇和世界的影響。和金庸自己對文學和創作的觀念，其中不少引自金庸親述的訪問稿，讀者可從中窺見作家的內心世界。

金庸一九二四年出生，二〇二四年剛好金庸誕生一百年，是個值得紀念的日子。《金庸小說與文學》於二〇一一年夏在香港初版。事隔十二年，此書早已絕版。因而拿出來再版，藉此紀念金庸大師。

蒙香港三聯書店青眼，認為出版饒有意義，令筆者如願以償，至為感謝。又蒙北京大學孔慶東，香港陳萬雄兄賜序。謹此對兩位仁兄及香港三聯書店致以衷心謝意。

楊興安 謹誌
癸卯年初冬

陳序

譽滿世界的金庸小說

陳萬雄

金庸，即查良鏞先生，名滿當世；成就多方，文學小說家、報業家、政論家、社會活動家等；他的著述，長期受到歡迎。曾擔任先生秘書而且幾十年致力研究他的楊興安先生，為紀念查先生百歲誕辰，增補談及查先生作品的大作，重新出版。用以向香港一代文學大家致敬。這些部著述得以增補再版，嘉惠讀者；尤其是對年輕新一代的讀者，意義匪淺！

我從少也是金庸迷。既長，對他洋溢的中華文化與家國情懷，並為之而獻身一生，景仰有加。但是，到底對他一生功業，認識有限；與他雖有交往，也攀不上說有密切的交情。楊興安兄竟囑撰序文，實愧不敢當。僅借個人的身歷二樁事例，以彰顯金庸武俠小說價值的一二。

現代香港的俗文學，流行之廣遠，讀者之眾多，且能晉身於中國文學之列，個人淺見，以金庸的武俠小說為最了。北宋著名詞人柳永生前，當時社會已流行著兩句話：「凡有井水處，即能歌柳詞」，可見他的作品，廣受歡迎和普及的程度。而金庸的武俠小說，情況近之。甚至可以說「凡有華人處，即風行金庸小說」。我性疏懶，寫日記，一曝十寒。近日整理舊物，竟發現幾十則唸預科時的日記。在一九六九年三月五日寫著：

> 武俠小說，為家長者多畏之如蛇蝎，以其貽禍子弟，荒廢學業。為學生者鮮有不趨之若鶩，陶醉沉迷。今日看了三冊《倚天屠龍記》險些不能自禁。在明報上幾篇武俠小說，追之不捨，尤以金庸著述更感興趣。其為文流暢，文字典雅可愛，情節能放能收，無一般武俠小說家的能放而不收，單調的弊端，其操縱自如，用心安排而不留痕跡。更可愛者，能喻諷政治，寄於篇中，言之有物，弦外有音，更令人心領神會。有時明知情節瞎說八道的胡謅，但不覺其荒謬之處。故為武俠小說之泰斗，不為第二人想。
>
> 對於武俠小說，年少者不可令其觀，因為學識淺，自制力弱，不能節制。但能自制的學齡，課餘閒閱，不失一令人陶醉享受，與愛足球籃球戲劇同源共理。

當日言論不免淺薄偏頗，但其時已著迷金庸先生的武俠小說，並衷心讚賞卻是千真萬確的了。

九七臨近，有朋友某全家移民加國，餞行飯局上，朋友深以為只上小學的兒子到了外國，從此摒棄中文而引以為慮。我遂建議他帶備金庸的武俠小說，在加國予以耐心導讀，其兒子必有自己迷讀之一日。只要孩子迷讀上金庸的武俠小說，相信他的兒子必能維持甚至增進了中文的水平。金庸小說，以饒富歷史背景見長。雖云是歷史小說，但查先生深諳中國歷史，史識不凡，小朋友讀武俠小說時，經薰浸而能認識相當的中國歷史故事，中文學習與認識歷史可一舉兩得。有如我輩少年時代的閱讀《說唐》、《羅通掃北》、《薛仁貴征西》、《楊家將》等章回小說。既增進了閱讀水平又吸收了歷史知識，比之課本，有時來得更有成效。此建議竟獲朋友認同。日後朋友回流香港，聚會說起，他的兒子之對中文有相當的基礎，對中國歷史之有一定認識，並產生興趣，乃得益在加國為之導讀金庸武俠小說云云。

楊興安兄增補談論金庸小說的三部著述出版，豈止紀念和揚譽查先生而已？年青讀者快意小說的同時，其功在語文和歷史教育也大矣。讀金庸原著，再得楊先生的疏解和闡析，更能明白金庸先生的文學和歷史造詣了。至於拙序，無甚高論，謹應楊安興兄之囑而已。

孔 序

英雄難得是知音

孔慶東

金庸小說將與「三國」「水滸」「西遊」「紅樓夢」等一流名著永垂於人類的文學史，這已是金學研究者和億萬金迷默契的共識。然而在我們中國，對於同時代的藝術大師，要麼視而不見，要麼竭力詆毀，一定要到大師百年之後乃至千年之後，才像供奉祖宗神明灶王爺一樣頂禮膜拜，三呼聖賢——孔子活著時被各國驅逐，四處流竄，惶惶然如喪家之犬；李白活著時「世人皆欲殺」，痛呼「大道如青天，我獨不得出」；曹雪芹活著時妻離子喪，粥不果腹。金庸比起他們，已然幸福百倍。遺憾的是，內地金學研究起步較晚，雖然有北京大學嚴家炎教授和紅學專家馮其庸等著名學者鼎力主持，但總的格局仍不夠開闊，許多金學文章或者停留於表層欣賞，或者自得於用金庸小說去圖解某種文學理論。我本人在一些大中學校和電台電視台做過關於金庸小說的演講或座談，聽眾和觀眾總體上仍然未能意識到自己所喜歡的正是世上最優秀的文學作品。這說明，金庸小說雖然已經擁有了億萬讀者，但高層次的知音依然比較匱乏。在這個背景下，出版界推出楊興安先生解讀金庸小說的著作，無疑是具有一種「及時雨」的作用的。

楊興安論金庸，首先是從生命體驗出發，然後又回歸到生命體驗。他是把自己幾十年讀金庸的切身感悟與幾十年浪跡社會，搏擊人生的滄桑興會結合在一起，化成一篇篇精彩的人物談、性格談、命運談。因此他的文字，既不脫離小說文本，又與現實生活血肉相連，讀來令人心爽神暢，不論你是否同意他的見地，你都會肯定，他所談的，是金庸，而不是別的。

楊興安論金庸，角度多而不求面面俱到，敢於提出自己與眾不同的見解，又能夠注意言出有據，這種良好的文風學風是金學研究從一開始就應該確立的。

從學術規模和總體力度上講，內地的水準當然遠遠超過台港澳等地區。但是內地的學者往往喜做鴻篇巨論，而不大善於從細部入手，觀滄海於滴水。楊興安的金學研究，十分注重細節，如從滅絕師太的教徒和殉道，得出她一生沒有違背「正邪不兩立」的宗旨；從韋小寶的索賄行賄，得出「韋小寶的成功在於洞悉人心」。楊興安的注重細節，又並非是隨意抽樣舉例，而是與一定的量化統計相結合，如他論述「癡戀成劫」者，就列出了段譽對王語嫣，韋小寶對阿珂，尹志平對小龍女，何紅藥對金蛇郎君，李莫愁對陸展元，武三通對何沅君，程英、陸無雙對楊過，狄雲對戚芳，游坦之對阿紫，阿紫對蕭峰，小昭對張無忌，儀琳對令狐沖，霍青桐對陳家洛，于萬亭對徐潮生，郭襄對楊過等一長串名字。點面結合，才使得立論既紮實又峭拔。面對金庸小說這一博大又精深的藝術偉構，這樣的研究態度是完全必要的。金庸小說在文學園林中，如大俠身處江湖，名望雖大，知音卻並不多。像楊興安這般每每切中肯綮的妙談，實在堪稱是英雄難得的知音。

第一章　小說的迴響

金庸小說熱潮

金庸小說出現以來[1]，可說是擁有全球最多華人讀者的小說。影響之甚及界域之廣，幾史無前例，茲論述於下。

掀起五六十年代香港武俠小說熱潮

香港新派武俠小說始作俑者乃梁羽生[2]而非金庸，最初受歡迎程度並駕齊驅。《射鵰英雄傳》面世後，金庸聲譽已超過梁羽生，談論金庸的人比談論梁羽生的多，但仍梁金並稱。至《神鵰俠侶》登場，金庸的氣勢已蓋過梁羽生了。

金庸首作《書劍恩仇錄》刊於《新晚報》，比梁羽生同刊於《新晚報》的《龍虎鬥京華》稍晚。第二部作品《碧血劍》於一九五六年刊於《香港商報》[3]，因大受歡迎之故，已然掀起武俠小說熱潮。除了《香港商報》發展至副刊每天有七八篇武俠小說外，其他香港報章幾乎沒有不在副刊登載武俠小說的（筆者當年親歷所見）。

武俠小說除了在報章連載外，還會結集出版。小說要在寫完後出版，也許是一兩年後的事，讀者都等得不耐煩了。當時有些書商，把金庸在報上連載的小說，一星期結集出版薄薄的

1　金庸十五部著述初版刊物及年份

著述	刊物	初版年份
書劍恩仇錄	新晚報	一九五五
碧血劍	香港商報	一九五六
射鵰英雄傳	香港商報	一九五七
神鵰俠侶	明報	一九五九
雪山飛狐	新晚報	一九五九
飛狐外傳	武俠與歷史	一九六〇
倚天屠龍記	明報	一九六一
鴛鴦刀	明報	一九六一
白馬嘯西風	明報	一九六一
連城訣	東南亞周刊	一九六三
天龍八部	明報	一九六三
俠客行	明報	一九六五
笑傲江湖	明報	一九六七
鹿鼎記	明報	一九六九
越女劍	明報	一九七〇

2　梁羽生本名陳文統，廣西蒙山人。一九五四年一月二十日在《新晚報》刊出首作《龍虎鬥京華》，即大受讀者歡迎，被譽為新派武俠小說開山。共著有三十五部武俠小說，如《白髮魔女傳》、《萍蹤俠影錄》等（資料選自《香港文學》二〇〇二年三月號）。

3　張初〈在梁羽生講武論俠的發言〉，載《香港文學》二〇〇二年三月號：《碧血劍》由一九五六年一月一日寫到十二月三十一日，剛好是一年。

一本，源源不絕，售價便宜（四角）。五六十年代香港買書風氣未盛，卻流行租書。金庸的小說「周刊」以一角出租一晚兩日，大受歡迎，倒也養活不少書檔老闆。

由於金庸小說風行，不久，坊間出現大量冒名的作品，計有《江南七怪》、《射鵰前傳》、《金蛇劍》、《八手仙猿》、《九陰真經》、《全真七子》、《九指神丐》……等等[4]，一樣在書肆有租有售。上列作品的作者署名金庸而非金庸（查良鏞）。這種情況的出現，使到金庸多次在每日連載之末，刊出像如下的聲明[5]：

> 《碧血劍》續集《八手仙猿》是別人冒名偽作。「射鵰」單行本共出若干集未定。
>
> 《武當奇俠》非我所作，市上冒我名出版別人著作已有十餘種之多，凡有鑒別力之讀者，皆知真偽。拙作均由九龍彌敦道五八〇號三育書店出版。
>
> 《紅皮書》雜誌上的武俠小說不是我寫的，只是那位作者先生也喜用「金庸」的筆名而已。

從中可見，冒名金庸的偽書是如何泛濫，且竟然有人公然在雜誌上（紅皮書）用金庸的筆名寫文章。或礙於法例不全，或是金庸本人的風度，他只說「那位作者先生也喜用『金庸』的筆名而已」來完結一段是非。金庸成名後，公然以「金庸」為筆名發表作品的作家後來在台灣也出現[6]，此人又竟然率先向文化機構註冊筆名。幸而當時金庸之名已廣為人知，註冊被拒，又為識者所罵而作罷。

最多華人讀者的著作

金庸小說最初在香港刊出，廣受歡迎。除在報章連載外，市肆七日便有一本薄薄的盜版書行銷，正式授權結集出版的是三育圖書文具公司。後來鄺拾記書報社、武史出版社、胡敏生記書報社都曾出版正版的金庸小說。一九七〇年三月金庸開始對作品重新修訂，一九八〇年中結束（《鹿鼎記．後記》），才集中由明河社出版有限公司出版。自七十年代開始，金庸小說無論在香港或海外，一直高踞暢銷書榜首[7]。

4 陳鎮輝《金庸小說版本追昔》；香港：滙智出版有限公司，二〇〇三年，頁六一。
5 陳鎮輝《金庸小說版本追昔》；香港：滙智出版有限公司，二〇〇三年，頁六一。
6 王敬三《名人名家讀金庸》；上海：上海書店出版社，二〇〇〇年，頁四六五。因金庸小說大受歡迎，有作者署名「全庸」、「金康」、「金庸巨」（變成：金庸巨-著）混淆，但都被識破。
7 潘耀明〈漫談金庸作品的影響〉，載吳曉東《二〇〇〇北京金庸小說國際研討會論文集》；北京：北京大學出版社，二〇〇二年，頁六二四。

本文論述金庸小說，主要是據明河社出版之文本（同北京三聯版）。

金庸小說最初在台灣被禁。劉紹銘在〈平心靜氣讀金庸〉說：「一九五六年我到了台灣大學……一下四川輪第一件事喝一瓶可口可樂，然後馬上到書店租閱金庸小說……。」當時小說已登陸台灣，一方面由港人暗中帶入，而台灣也開始盜印。林保淳〈金庸小說在台灣〉說[8]，一九五九年開始，坊間仍不時可以見到金庸的作品。除了《白馬嘯西風》、《鴛鴦刀》外，其他作品都曾印行，而且發行量都不少。

這時，台灣和香港同樣出現冒名偽作。以金著內容作補充衍述。如《射鵰前傳》、《南帝段皇爺》等。恐怕其中亦有港人之偽作流入。

一九七三年以後台灣出現大量金庸盜版小說，因規避律禁，也易名出版。如《書劍恩仇錄》易名《書生劍客》、《碧血劍》稱《碧血黃沙》、《倚天屠龍記》稱《殲情記》。因為忌諱，正式解禁出版的《射鵰英雄傳》也易名為《大漠英雄傳》[9]。台灣當局自一九五七年查禁金庸小說至一九七九年，期間時鬆時緊。但知情者都以弄到金庸小說一讀為樂事，可見金庸小說深受歡迎。

一九七九年九月，沈登恩主持的遠景出版事業公司獲得當局解禁出版，即行銷台灣。據遠流出版社一九九六年調查表示：一九八五年至一九九五年，金庸小說在台灣銷售四百七十萬冊以上。估計連早期各種版本，總銷量達一千萬冊[10]。

早年內地禁刊武俠小說，金庸作品也在禁刊之列。七十年代，已有金庸小說流入內地。擁之者視如珍寶，非好友不借，情況和台灣早期差不多。丁華〈淺談金庸小說〉[11]中說：「一九七六年春末夏初，……一位在遠洋輪上工作的海員有一套不全的《笑傲江湖》舊版本……將書借給我時，要求第二天上午必須歸還，他們要出海。」據冷夏《金庸傳》所述，廣州《武林》首先連載《射鵰英雄傳》，但未有刊完。八十年代金庸和梁羽生的武俠小說流入，風靡讀者，使文藝青年如癡如醉。其時盜版盛行，禁之不竭。筆者一九八八年在金庸的社長辦公室任職，見到許多內地讀者寫給金庸的信。表示敬慕者有之，討教小說寫法者有之，討論小說內容者亦有之。其態度認真及熱誠，比港人尤甚。知微見著，金庸小說對讀者的迴響，以內

8　林保淳〈金庸小說在台灣〉，載吳曉東《二〇〇〇北京金庸小說國際研討會論文集》；北京：北京大學出版社，二〇〇二年，頁三八九。

9　林保淳〈金庸小說在台灣〉，載吳曉東《二〇〇〇北京金庸小說國際研討會論文集》；北京：北京大學出版社，二〇〇二年，頁三八八。

10　潘耀明〈漫談金庸作品影響〉，載吳曉東《二〇〇〇北京金庸小說國際研討會論文集》；北京：北京大學出版社，二〇〇二年，頁六二四。

11　陳鎮輝《金庸小說版本追昔》；香港：匯智出版有限公司，二〇〇三年，頁一〇四。

地為最。在內地，一九九四年三月金庸作品集由北京三聯書店推出。二〇〇一年約滿後由廣州出版社取得版權。

嚴家炎在《金庸小說論稿》說：自出版三十六冊一套的單行本以來，到一九九四年止，正式印行已達四千萬套以上。如果一冊書有五個人讀過，那麼讀者就有兩億[12]。他對金庸熱有四個結論：

一是金庸小說熱超過四十年。
二是讀者覆蓋地域廣，且超出華人世界。
三是讀者文化跨度大，既有普羅大眾，也有權貴學者。
四是超越政治思想分野，甚至兩岸對立人士都愛讀金庸小說。[13]

王蒙曾告訴香港作家彥火，說上海某雜誌調查年輕人的閱讀趣味，金庸第一、魯迅第二。而二十部讀者最喜愛作品中，金庸的佔了四部[14]。金庸小說，是當今最多華人讀者的著作，應無異議。

各國譯本和海外讀者眾多

七十年代，東南亞讀者已深為金庸小說吸引。先後翻譯的金庸小說有越南文、泰文、印尼文、柬埔寨文和馬來文[15]。這時金庸的讀者已超越中國人。

日本德間書店於九十年代投入巨資出版日文版的《金庸全集》[16]。德間現已出版了《書劍恩仇錄》、《碧血劍》、《射鵰英雄傳》、《神鵰俠侶》、《俠客行》、《連城訣》、《雪山飛狐》和《笑傲江湖》。在韓國，漢城的書店也擺放著韓文的金庸小說。據漢城信永出版社董事長說，韓國有十二家出版社盜印了金庸的小說[17]。

---

12 嚴家炎《金庸小說論稿》；北京：北京大學出版社，一九九九年，頁九至十二。

13 潘耀明〈漫談金庸作品的影響〉，載吳曉東《二〇〇〇北京金庸小說國際研討會論文集》；北京：北京大學出版社，二〇〇二年，頁六二四。

14 彥火〈金庸熱的放大鏡〉，載王敬三《華山論劍：名人名家讀金庸（上）》；台北：揚智文化事業公司，二〇〇〇年，頁四六五。

15 潘耀明〈漫談金庸作品的影響〉，載吳曉東《二〇〇〇北京金庸小說國際研討會論文集》；北京：北京大學出版社，二〇〇二年，頁六二五。

16 潘耀明〈漫談金庸作品的影響〉，載吳曉東《二〇〇〇北京金庸小說國際研討會論文集》；北京：北京大學出版社，二〇〇二年，頁六二四。

17 潘耀明〈漫談金庸作品的影響〉，載吳曉東《二〇〇〇北京金庸小說國際研討會論文集》；北京：北京大學出版社，二〇〇二年，頁六二四。

金庸小說除了亞洲有譯本外，也出現了英譯本和以色列文版本。一九九三年香港中文大學出版社出版了英譯的《雪山飛狐》（*Fox Volant of the Snowy Mountain*）。香港理工大學的閔福德教授（John Minford）譯了《鹿鼎記》，由香港牛津大學出版社出版。金著亦傳有譯成法文，是當年柬埔寨流行的「三及第」（非正統）法文[18]，可惜現在找不到。

金庸小說早就遍布世界各地華人區。作家林以亮說「凡有中國人、有唐人街的地方就有金庸」。當年香港出現移民潮，許多人都愛購買一套金庸全集到外國。一來作娛樂消閒的精神食糧，其次認為可以給下一代看看，讓他們多識點中文，認識多一點中國文化。筆者在明報集團任職時，便多次替移民的朋友購入金庸作品全集。

掀起研究金著風氣

由於金庸小說內容對人性有深刻的描述，蘊含豐茂的中國文化氣息，而又可以令讀者充滿閱讀的快感，加上讀者眾多，小說出現不久即引起廣泛的談論。最初只不過是閒聊的話題，後來卻引起學者的重視和研究。這些迴響，初時只是零星的發表意見，後來出現有組織的學術研討會。

最先組織研究金庸小說的應是台灣的沈登恩。他在一九七九年九月獲得出版權後，與聯合報和中國時報取得默契，邀約藝文及學術名家，在兩報副刊強力推介金庸作品[19]，兩報同時刊出金庸小說。聯合報連載《連城訣》、中國時報連載《倚天屠龍記》。沈氏再情商倪匡趕寫《我看金庸小說》，於一九八〇年七月推出，由遠景出版事業公司出版。隨之陸續推出研究金庸小說之系列叢書，並命名為「金學研究」，揭開有組織研究金庸作品的序幕。

所謂「金學」，是沿研究《紅樓夢》稱「紅學」而來。金學是指對金庸小說的批評和研究，一些聊談的文章，論者多並未將之劃入金學之列。

筆者早於一九七六年辦雜誌《標誌雙周刊》而寫了一篇論金庸小說的文章。題為〈陳家洛變了小雜種〉，後來收入《金庸筆下世界》第一章，由博益出版集團於一九八三年出版。六年後再由明窗出版社出版《金庸小說十談》（書名乃金庸建議）。台灣版本前者稱《漫談金庸筆下世界》、後者稱《續談金庸筆下世界》。在香港，成書論金庸小說的尚有倪匡、潘國森、吳

18 彥火〈金庸熱的放大鏡〉，載王敬三《華山論劍：名人名家讀金庸（上）》；台北：揚智文化事業公司，二〇〇〇年，頁四六八。

19 林保淳〈金庸小說在台灣〉，載吳曉東《二〇〇〇北京金庸小說國際研討會論文集》；北京：北京大學出版社，二〇〇二年，頁三九一。

靄儀、陳鎮輝等。至於單篇為文論述的，不乏名人學者。

討論金庸小說熱潮同樣在內地出現，作家陳墨便寫了許多本專論金著書籍，其他論述金著的專著也陸續出現，其勢方盛。湖北出版的《通俗文學研究》在九十年代刊出金庸作品研究專欄。中山大學出版社出版了一本《點評金庸》，都受到重視。

金庸小說日受學者的重視，陳世驤說金庸小說「既表天才，亦關世運」。馮其庸說「在古往今來的小說結構上，金庸達到了登峰造極的境界[20]」。陳平原說「金庸小說可以作為中國文化的入門書來讀[21]」。

一九九四年北京師範大學出版王一川主編的《二十一世紀中國文學大師文庫》，把金庸列於魯迅、沈從文、巴金之後，在其餘素負盛名作家之前[22]，令人耳目一新也引來嚴重的爭議。一九九〇年陳平原在北京師大開設了研究金庸小說的專題課，一九九六年嚴家炎在北京大學開設研究金庸小說的課程。其他如深圳大學、浙江大學、廣東社會科學院等，也設立金庸作品研究室。台灣方面，東海大學、台灣師範學院，同樣設有金庸小說的專題研究課程[23]。

金庸小說被帶入學術殿堂，最早的應算到一九八八年香港中文大學中國文化研究所辦的「武俠小說國際研討會」。這時已有研究生撰寫研究金庸小說的論文[24]，當然大會上討論到金庸小說。一九九七年杭州大學（今浙江大學）舉辦金庸小說研討會，是首個由大學舉辦金庸小說專題的研討會。一九九八年五月，美國科羅拉多大學舉辦「金庸小說與二十世紀中國文學」國際學術研討會。二〇〇〇年十一月，北京大學與香港作家聯會合辦「二〇〇〇北京金庸小說國際研討會」。金庸小說的研究，已被多次帶進學術的殿堂。

除此之外，由地方舉辦的金庸小說研討會有：一九九八年四月雲南大理鎮政府舉辦的金庸學術研討會。台灣一九九八年十一月由台灣漢學研究中心、中國時報和聯合報合辦的「金庸小說國際學術研討會」。二〇〇三年十月金庸家鄉人士和嘉興市政府在嘉興舉辦的「浙江嘉興金庸小說國際研討會」。金庸小說研討會之方興未艾，正好說明學術界對金庸小說價值的肯定和重視。

---

20 彥火〈金庸熱的放大鏡〉，載王敬三《華山論劍：名人名家讀金庸（上）》；台北：揚智文化事業公司，二〇〇〇年，頁四七一。

21 潘耀明〈漫談金庸作品的影響〉，載吳曉東《二〇〇〇北京金庸小說國際研討會論文集》；北京：北京大學出版社，二〇〇二年，頁六二八。

22 胡小偉〈雅俗金庸〉，載吳曉東《二〇〇〇北京金庸小說國際研討會論文集》；北京：北京大學出版社，二〇〇二年，頁一五七。

23 彥火〈金庸熱的放大鏡〉，載王敬三《華山論劍：名人名家讀金庸（上）》；台北：揚智文化事業公司，二〇〇〇年，頁四七二。

24 鄺健行〈論劍談詩歷一周：梁羽生先生來浸大訪問記事本末〉，載《香港文學》二〇〇二年三月號。

衍生電影電視劇遊戲光碟

二十世紀由小說衍生的商品首推電影和電視劇。金庸小說受到歡迎，被拍成電影電視劇乃意中事。金庸小說最早被拍成電影的是一九五八年在香港開拍，由胡鵬導演，曹達華主演的《射鵰英雄傳》，其後開拍的電影在五十部以上[25]。台灣開禁後二十年間，陸續開拍三十部。一九九三年連續拍了六部。電影中的情節一些依原著、一些改得面目全非。但「金庸原著」有叫座力，片商樂而為之，一拍再拍。

香港電視廣播有限公司最早開拍的電視劇集是由鄭少秋主演的《書劍恩仇錄》，約在七十年代後期。其後多年來多次播出金庸小說改編的電視劇，每次都造成熱潮和十分哄動。許多藝員演出金庸筆下的角色後一朝成名，躍上明星寶座[26]。有些劇目，還隔一段時間重拍，可見金庸小說長期以來都受到廣大群眾歡迎。

台灣則於一九八三年由台視首度引入《天龍八部》，隨之而來也是一波又一波，一浪接一浪的把金庸小說改編成電視劇。一九八八年，三家電視台同一時間推出《神鵰俠侶》，創造了相爭的紀錄[27]。

在中國內地，二十世紀末由中央電視台製作金庸小說的電視劇有《笑傲江湖》和《射鵰英雄傳》，投入的人力物力、製作的認真程度，尤勝港台兩地。

金庸小說對港台兩地電影影響至大，可以說間接把香港電影推入國際市場。因為五六十年代金梁掀起武俠小說熱潮，電影也隨之走武俠小說路線，武俠片成了賣座保證。其中當然不乏金庸之作[28]。總之，當時全是武俠片天下。後來刀劍片太濫了，出現拳腳武打片，先後造就了李小龍和成龍。至今，在外洋人眼中享譽的中國電影還是功夫片。香港的武俠片三十年來歷久不衰，與當年武俠小說流行不無關係。

小說衍生的另一種商品是漫畫。連載單行本漫畫最先面世的是黃展鳴的《神鵰俠侶》，其他的陸續有來[29]。黃玉郎的出版公司曾獲正式授權出版《天龍八部》等漫畫。其實，在六十年代，他的漫畫王國尚在奮鬥階段，其出品已抄襲金庸小說。筆者親自翻閱過他們以金毛獅王、

25 林保淳〈金庸小說在台灣〉，載吳曉東《二〇〇〇北京金庸小說國際研討會論文集》；北京：北京大學出版社，二〇〇二年，頁三九三。

26 香港演員如劉德華演楊過、梁朝偉演韋小寶、米雪演黃蓉都由普通演員一躍成大明星。

27 林保淳〈金庸小說在台灣〉，載吳曉東《二〇〇〇北京金庸小說國際研討會論文集》；北京：北京大學出版社，二〇〇二年，頁三九三。

28 五六十年代雖然梁羽生、金庸並稱，但作品被改編成電影之數量及受歡迎程度，梁與金相差甚遠。

29 金庸小說的漫畫有黃玉郎的《天龍八部》、馬榮成的《倚天屠龍記》、何志文的《雪山飛狐》、李志清的《射鵰英雄傳》、黃展鳴的《神鵰俠侶》。

紫衫龍王等題材的漫畫，當時在漫畫市場上極受歡迎。再者，筆者在小學生時代，蹲在街頭看連環圖，看到野狼群圍攻武人的故事。後來才知道這是抄襲《書劍恩仇錄》的情節。

九十年代流行的電腦網絡也沾染「金庸旋風」。內地、香港、台灣都有許多專談金庸小說的網站，相信數量仍在不斷增長中[30]。其中最著名的是由台灣遠流出版社規劃的「金庸茶館」http://jinyong.ylib.com.tw/，許多金庸迷都藉此發表意見、或追查消息。金庸迷藉網站交流意見，已成風尚。

新時代的遊戲光碟也打金庸小說的主意。一九九四年台灣出現以《倚天屠龍記》內容為題材的遊戲光碟，內容完整交代張無忌的命運[31]。後來以金庸小說做題材的電子遊戲機愈出愈精彩，稍後的「天龍八部之六脈神劍」、「鹿鼎記」等等，無論畫面的處理、特殊效果，都迭創新意。電子世界中充斥著金庸小說的元素，大概是小說的與時並進吧！

金庸小說數十年來深入社會、深入民心。在香港、有老人家若活潑樂天、童心猶在的，都被人冠以「老頑童」的稱號。大抵《射鵰英雄傳》中老頑童周伯通描述得太可愛，深入人心所致。尤有甚者，七十年代越南一次國會會議，有議員譏諷對手是「岳不群」[32]，其義不說自明。香港有人欣賞韋小寶逢迎得法，自詡懂得「小寶神功」[33]。韋小寶成了好阿諛奉承者的偶像，恐非作者當日創作時所料。金庸小說的人物，已走進我們生活之中。

借用金庸小說名字而廣為人知的，尚有「任我行」電訊網絡，「倚天」中文植字輸入法。香港有位作家索性把筆名改為「張無忌」。更有趣的是香港《太陽報》二〇〇三年八月一日報道警方破獲偽證偽鈔黨，歹徒屋內牆壁竟大書「黑木崖」三個字（《笑傲江湖》中任我行的巢穴），圖文並茂刊出。

與金庸小說有關的名目，尚有香港作家蔡瀾與酒樓合作，設計黃蓉烹調的菜式，名之為「金庸食譜」[34]。香港長江實業集團向政府申請在馬灣建設「金庸公園」吸引遊客（見二〇〇三年三月二十四日《明報》）等。

浙江舟山市普陀區桃花鎮的位置與《射鵰英雄傳》所描述的桃花島近似。桃花鎮政府趁金

30 林保淳〈金庸小說在台灣〉，載吳曉東《二〇〇〇北京金庸小說國際研討會論文集》；北京：北京大學出版社，二〇〇二年，頁三九四。

31 龔鵬程〈E世代的金庸〉，載吳曉東《二〇〇〇北京金庸小說國際研討會論文集》；北京：北京大學出版社，二〇〇二年，頁一八八。

32 彥火〈金庸熱的放大鏡〉，載王敬三《華山論劍：名人名家讀金庸（上）》；台北：揚智文化事業公司，二〇〇〇年，頁四六九。

33 香港作家劉天賜著有《小寶神功》，香港博益出版集團出版。

34 彥火〈金庸熱的放大鏡〉，載王敬三《華山論劍：名人名家讀金庸（上）》；台北：揚智文化事業公司，二〇〇〇年，頁四七四。

庸一九九四年四月前往觀光時，請金庸題了「碧海金沙桃花島」幾個字後，大興土木，把當地布置成黃藥師的桃花島，作旅遊景點。

在澳門，當地人士把一幢完好的百年歷史古舊建築物（原是富商高可寧的「德成按」）改建成「金庸圖書館」。內藏不同版本、各國文字譯本的金庸小說，連各家評論的著述，一應俱全。

金庸小說的迴響，震動範圍之廣，深入人心之久，對社會風氣影響之甚，在近代作家中罕見，甚至在全世界作家中亦罕見。這些現象，正好說明了研究金庸小說的價值。

第二章　小說雅俗的爭論

金庸成名之後享譽數十年，呈現繽紛的「金庸現象」，但這三數年間卻出現攻擊金庸小說的巨浪，對小說懷疑、責難和戲侮。這些「攻金」潮，也是金庸現象之一，值得探討。

出現抨擊巨浪

近年，有人認為金庸小說被人一面倒的稱頌讚揚，受到過分的吹捧，於是為文找出小說中不是之處。另一些人則帶著戲侮的意識嘲弄金庸小說，名之為「顛覆金庸」。

一九九八年，台灣豐利出版公司出版了一系列「顛覆金庸」的叢書[1]。二〇〇〇年九月中州古籍出版社亦出版「顛覆金庸」系列[2]，全套八冊，可謂兩地遙遙呼應。他們認為武俠小說本流行於市井，而今登上殿堂，被神聖化、高雅化，因而要顛覆之、戲耍之。他們聲稱：「我們找了一群年輕的朋友，想來戲弄一下金庸大師，看看他老人家作何感想。」[3]他們的口號是以時下年輕人的想法和叛逆性格來顛覆金庸的傳統思維。在「顛覆金庸」叢書中，有如下的篇目：

〈非常G車的金庸愛情〉

〈超 High 的金庸人物〉
〈亂爽的金庸奇技淫巧〉
〈性愛超人韋小寶〉
〈找碴的金庸錯謬〉
〈段正淳老生女兒〉
〈蕭峰的酒量，騙誰？〉
〈滅絕師太荷爾蒙失調〉

從中可見，為文者在找金庸小說可議之處，同時表達他們的時代價值觀。他們說黃藥師

1 龔鵬程〈E世代的金庸〉，載吳曉東《二〇〇〇北京金庸小說國際研討會論文集》；北京：北京大學出版社，二〇〇二年，頁一九六。
2 王桐〈說不盡的金庸〉，載《香港文壇》二〇〇二年十二月號。
3 龔鵬程〈E世代的金庸〉，載吳曉東《二〇〇〇北京金庸小說國際研討會論文集》；北京：北京大學出版社，二〇〇二年，頁一九六。

性教育不及格，嘲笑守宮砂處女觀念，喜歡韋小寶的左右逢源，同情楊康等等[4]。「顛覆金庸」固然表達作者的價值觀，但其輕忽與戲侮，只著重表彰個人愛慾喜惡而笑謔，並無客觀探討的筆墨。無論如何，他們只是藉著金庸小說人盡皆知的人物和情節，表現他們的「酷」[5]、性意識泛濫和強烈的感官刺激。不難看出，他們的立論在追求市場接受的庸俗元素、超然的自我陶醉和標榜自我。台灣學者龔鵬程認為武俠小說有其一定價值，對他們的否定作出以下的一番話回應[6]：

> 一般人都嫌貧愛富、貪生怕死、趨吉避凶、見利忘義、自私自利，誰不曉得？武俠小說尤其站在這個基礎上才有得寫。因為俠義精神正因對照著一般世俗人的此種態度，才顯得可貴，才具有對比的張力。

金庸小說完美無瑕嗎？當然不可能。不要說別人眼中有隙可尋，金庸自己也認為有未盡如意之處，否則，其本人也不會一改再改，一再而再的修訂。光以情節未善而言，有人在報章上指出幾點金庸小說犯駁之處：

一　黃蓉較郭靖年長多歲。

梅超風偷練《九陰真經》但看不懂，半年後偷回桃花島，見到當時的黃蓉約一歲。後來梅超風神功初成弄瞎柯鎮惡雙目。柯其後方與韓小瑩等結義為江南七怪，而韓小瑩十八九歲郭靖才出生，而書中黃郭相識時黃蓉只有十五六歲，年齡大謬。

二　金蛇郎君筋脈斷後仍能插劍入石壁。

袁承志在華山洞內發現金蛇郎君遺骸及插入石壁極深之碧血劍。後段卻說金蛇郎君被石樑五老挑斷筋脈後逃至山洞。他何能在筋脈全斷下把碧血劍插入石壁？

三　段譽盛年時七十歲。

書中說段譽生於西元一〇二三年，宋哲宗趙煦登基為西元一〇八五年。段譽當年豈非

4　龔鵬程〈E世代的金庸〉，載吳曉東《二〇〇〇北京金庸小說國際研討會論文集》；北京：北京大學出版社，二〇〇二年，頁一九六。

5　「酷」譯自英語cool，表示冷靜、不易被人影響。表示高人一等、與別不同的意思。

6　龔鵬程〈E世代的金庸〉，載吳曉東《二〇〇〇北京金庸小說國際研討會論文集》；北京：北京大學出版社，二〇〇二年，頁一九六。

七十歲？

四 《天龍八部》馬夫人姓溫非姓康。

馬夫人第一次見丐幫長老時自稱馬門溫氏。段正淳說他姓康，叫她小康。

五 倚天劍屠龍刀不能互相剋制。

屠龍刀藏兵書，倚天劍藏《九陰真經》，原意得兵書者若不能造福百姓，得劍者以《九陰真經》取其性命，但要兩者互砍方見所藏。果真如此，得刀劍者必同一人，則豈能發揮剋制作用？

六 阿珂蘇荃同時早產。

韋小寶往揚州前，已使建寧公主懷孕。後來在妓院大被同眠，阿珂和蘇荃都懷孕。為何韋雙雙較銅鎚虎頭細一個月？莫非兩人同時早產？

七　小龍女十六年後衣服何以仍是白色。

小龍女在絕情谷一住十六年，再次相遇時仍是一襲白衣。

八　陳玄風排名是否第二？

黃藥師徒弟中陳玄風排首，但梅超風有次說他排名第二，誰是大師兄？

九　謝遜在六盤山何以無人認識？

謝遜在六盤山奪屠龍刀時無人認識，連張翠山亦無聽師父提及。可是二十年後從冰火島回來，武林人士連群結隊向他復仇討命。

金庸小說多起犯駁，難免令到許多人失望。無可諱言這是一種失誤和缺陷。金庸小說中的失誤實在亦當不只此。連金庸自己也說「很多俠客在江湖上走來走去；也不偷也不搶，可老是身邊有錢，這也講不過去」。[7]不過，由於金庸小說整體而言創作力豐茂，富有內涵，文筆精

7　于㯝〈赤子衷腸俠客行〉，載沈登恩《諸子百家看金庸．第四輯》；台北：遠景出版事業公司，一九八五年，頁六一。

煉，蘊含多種文學元素（後章釋述），縱使如此，仍然瑕不掩瑜。在逾千萬言中情節的失誤，不能造成對小說大張撻伐的藉口。若無視小說中其他優異的元素因而全盤否定小說的價值，既不夠客觀，亦欠公允。我們實在應該客觀地以事論事，小說不足之處也拿出來討論。對作者金庸而言，這是一種挑戰，一種對自己精益求精的最好原動力。金庸自己對原作一改再改，便是視作品仍有瑕疵的最好證明（金庸在科羅拉多大學研討會上宣布作第三次修訂）。

金庸小說是充滿幻想的浪漫創作小說，若依常規常理而審度，許多地方都會說不通，一些動作人類的體能確實也辦不到。光在陳墨《浪漫之旅：金庸小說神遊》中便列舉許多小說中情節矛盾的地方。但何以好之者仍對之癡愛若狂？原來小說中的真，和現實生活中的真有一段距離，最重要的是讀者是否能接受，和寫作的水平到不到家。只愛讀寫實小說的讀者，若對超現實的浪漫小說描述大表不滿而大舉攻擊，這只可以說批評者眼界太窄，對中國小說史認識不深，對古典小說認識亦不深。

譽之極至　謗亦隨之

金庸在得到極高榮譽之時，開始受到一批文人的攻擊。二〇〇一年七月六日國家天文台把新發現編號的小行星命名為「金庸星」。之前，金庸在一九九四年被北京師大評為文學大師，隨而被北京大學聘為大學教授。一九九八年浙江大學請他做文學院院長，不久，出現了「顛覆金庸」系列。跟著，二〇〇〇年十月時代文藝出版社出版由南京作家陳東林執筆的《人妖的藝術？金庸作品批判》[8]，內容說金庸小說為了獵奇，吸引讀者，換言之為了媚俗，在人物造型上，創造了一系列似人非人，似神非神的一大批各式各樣的怪物，以「人妖」一詞來形容最為恰當。

此外，作家鄢烈山批評金庸小說也較激烈，表示無法接受金庸、更無法接受北京大學對金庸的推崇[9]。他在廣州《南方周末》寫了〈拒絕金庸〉。文章說：

> 我的理智和學養頑固地拒斥金庸（以及梁羽生、古龍之輩），一向無惑又無慚。我固執地認為，武俠先天就是一種頭足倒置的怪物，無論什麼文學天才用生花妙筆把一個用頭走路的英雄或怪人寫得活靈活現，我都根本無法接受。

8　王桐〈說不盡的金庸〉，載《香港文壇》二〇〇二年十二月號。
9　王桐〈說不盡的金庸〉，載《香港文壇》二〇〇二年十二月號。

文人表示對金庸小說看不下去的非止一人，但為文攻擊表現積極而引起注視的、先後有北京作家王朔和北京教授袁良駿。

王朔在二〇〇〇年十一月初以〈我看金庸〉叫陣。文章長三千餘字，內容有三個要點：

一　這些年，四大天王、成龍、瓊瑤電視劇和金庸小說，可說是四大俗。

二　讀了七冊版本的《天龍八部》，得到糟糕的體驗，小說情節重複，行文嚕嗦、見面就打架。

三　金庸很不高明地虛構了一群中國人的形象，給世界很大的誤會。

文章奇怪的地方是標明讀了「七冊」的金著，而內容亦沒有具體評述該書的任何人物和情節。隨之仍是狂言再三[10]。依筆者看來，其實王朔從未讀過金庸作品，才口出此等無稽之言。

王朔在事件前是極有名氣的作家，他這樣攻擊金庸小說，可說一石擊起千重浪，文壇立即掀起風波。在電腦網絡上擁王派和擁金派出現對陣罵戰，爭駁之激烈甚而有涉及人身攻擊。二〇〇〇年十一月十一日《北京晨報》說：連日來就〈王朔批評金庸〉一文展開論戰，一直硝煙瀰漫，而最終形成一個王朔評大俠，大家評王朔的局面。據網站對近三千人的調查，……認為王朔「不好」、「太狂」的佔百分之六十五，認為王朔「說得很對」的佔百分之七，其餘的不作評論[11]。

事情發生了，兩位當事人的態度怎樣呢？金庸在十一月五日用傳真回答《文匯報》的採訪，主要內容是：

一　對「四大俗」之稱深自慚愧。

二　早置利、衰、毀、譽、稱、譏、苦、樂四順四逆於度外。

三　內地版和台灣版的《天龍八部》都只有五冊，不知王朔讀的七冊版在什麼地方買。

金庸言下之意是王朔讀了盜版書，讀了盜版，便說了瞎話。

王朔反應又如何呢？十一月八日《廣州日報》刊出王朔的聲明，王朔說「無意對他進行人

10　胡小偉〈雅俗金庸〉，載吳曉東《二〇〇〇北京金庸小說國際研討會論文集》；北京：北京大學出版社，二〇〇二年，頁一六九。內文：王朔在〈我對金庸算客氣〉中說「我覺得他（金庸）的文字在當代作家整體水平中屬下游。」；「我還得罵人，而且肯定比金庸檔次高。」

11　胡小偉〈雅俗金庸〉，載吳曉東《二〇〇〇北京金庸小說國際研討會論文集》；北京：北京大學出版社，二〇〇二年，頁一六八至一八三。

身攻擊」、「我這個人作風確有問題，一貫惡劣」的話，氣焰大降。十二月二日《北京青年報》載：「列入四大俗就是說我在罵金庸，這種理解太簡單化了。」[12]但擁金的人仍不罷休，不依不饒。有在網上仍據理而辯，也有把王朔的小說「分析分析」，亦有直截了當破口大罵。終於，王朔在個人網站貼出如下公告：

各位朋友好，首先我在此表示謙（歉）意，前一時期由於我一時意氣用事，在一篇雜文中攻擊了金庸先生，引起這樣的社會震盪和效應是我始料不及的⋯⋯。

王朔這篇公告，算是正式道歉，承認意氣攻擊，鬧劇隨之落幕。王朔又何以如此呢？有人說，他勢如中天時，表現出超然姿態。後來創作成績下降，失去靈感後，卻將矛頭指向已故作家，及至攻擊金庸，無非借別人來抬高自己。筆者亦認為王朔罵金是藉此揚名，叫人不要忘記他。一個這樣成名作家批評別人，豈有在文首這樣說出拿本什麼書為據？王朔評金之所以哄動，只不過是第一個作家出來挑戰而已。

王朔罵金庸可說一時意氣，鬧劇一場。但北京袁良駿罵金庸（小說），卻是大舉張羅，連珠發炮，有備而來。其開始更莫名其妙，他最初不是罵金庸，而是罵金庸的擁護者嚴家炎。嚴家炎在一九九四年十二月《明報月刊》發表了〈一場靜悄悄的文學革命〉（金庸獲北京大學名譽教授賀詞、後收錄於《金庸小説論稿》）後，袁良駿便為文指其觀點錯誤。隨後兩人一來一往互辯，言詞客套而詞鋒辛辣[13]。蘇州大學研究生後來舉辦「金庸爭論」研討會，談到嚴袁之爭[14]，有人認為「雙方為了維護自己的觀點，竟至對對方的批評人格提出質疑，有些話説得未免情緒化」、「嚴袁是為金庸而戰還是為自己而戰？」由此可見糾纏爭辯大概。當然，袁文不乏對金庸小説責難。袁良駿先後於《香江文壇》發表下列責難的文章：

篇名	**發表時間**
〈學術不是詭辯術〉	二〇〇二年八月
〈「新劍仙派」武俠小説家金庸〉	二〇〇二年十二月
〈勿誤人子弟，毀我文學〉	二〇〇三年二月
〈金庸先生對中國文學史的一個誤解〉	二〇〇三年五月
〈與彥火兄再論金庸書〉	二〇〇三年八月

12 胡小偉〈雅俗金庸〉，載吳曉東《二〇〇〇北京金庸小説國際研討會論文集》；北京：北京大學出版社，二〇〇二年，頁一七二。

13 《香江文壇》二〇〇二年十二月號卷首語：「……正好為這場論爭從內地移師香港揭開序幕，參與論爭的文學評論家選擇在《香江文壇》登陸。」

14 《香江文壇》二〇〇三年八月號，頁三六至三九。

文人申辯有時難免糾纏於觀念名詞的詮釋，更愛節外生枝愈說愈遠。袁氏諸文論點多表個人之愛惡，而其中以〈「新劍仙派」武俠小說家金庸〉一文對金庸小說較有具體的指責，摘要如下：

（甲）內功是金庸小說的最大特徵，內功是消極浪漫主義的描寫，給人印象不是美感而是恐怖。

（乙）金庸對愛情描寫是致命傷，描寫並非現代意義的愛情，而是一妻一妾、一妻多妾的齊人之福。

（丙）戲說歷史，先歪曲史實，再拔高武俠人物。

從創作小說角度而言，從欣賞小說的角度而言，袁文的立論不能成立。因為若成立，許多古典小說如《西遊記》、《紅樓夢》、《三國演義》等全無文學上的意義，都不會成為文學作品。袁良駿立論失當主要由於兩個因素：一是未有豐富的創作小說經驗，二是其對古典小說認知不深，視野不廣。有關文章，論據不足，只可視為意氣之作。香港作家潘國森撰文直斥袁文之非，指出袁良駿抨擊金庸專書《武俠小說指掌圖》錯誤百出，其評金論據只是胡亂自撰，讀後令人對袁文有啼笑皆非之感[15]。

小說雅俗的爭論

金庸小說受到抨擊，其一理由是小說媚俗，取悅讀者。另一說則認為武俠小說難登大雅之堂，不能成為文學作品[16]。較持平者則認為金庸小說可列入「通俗文學作品」。在討論這個問題之前，我們應對「媚俗」、「通俗」和「文學作品」有一個共識，否則討論便毫無價值。

小說應否取悅讀者呢？小說，原意是「小悅」，提供話題、供人消遣娛樂的意思（見羅錦堂著〈中國小說觀念的轉變〉）。郎瑛在《七修類稿》卷二十二說「小說起宋仁宗，蓋太平日

15 潘國森在二〇〇三年浙江嘉興金庸小說國際研討會上發表論文〈《武俠小說指掌圖》翻後感〉說：「袁先生說的『無尚神功』並不存在，『華山派意念神功』，『獨臂神尼神功』……都從來沒有在金庸小說中出現過。」袁文又說「中神通周伯通不愧現代醫學先驅，他被人打斷了腿，扔到東海一山洞中，……成了『瘸腿大仙』，一下子飛到了西亞中東……」。（楊按：其實凡金庸迷都知道中神通是王重陽而非周伯通，而他只是被困桃花島。袁良駿連金著這樣重要的人物和情節也弄錯，可見對金庸小說認識的膚淺。）潘文又說「袁先生要當個金庸小說讀者也不可能合格」，原因是「袁先生若不是亂抄書，便可能拿著電視劇的改編內容來做文章」。

16 《香江文壇》二〇〇三年四月號寒山碧〈譽之極至，謗必隨之〉說：「接受過正統文學教育的人都知道，武俠小說畢竟是武俠小說，寫得再好的武俠小說，也終歸祇是武俠小說，不會使之脫胎換骨變成嚴肅的文學。」

久，國家閒暇，日進一奇事以娛之」。帝王藉小說消閒娛樂，平民百姓也藉小說作精神食糧。宋代興起「講唱」，演為後來說書。宋代茶坊酒肆流行說書，為大眾提供娛樂。說書的稿本後來發展成供人閱讀的小說，因此，小說為讀者提供娛樂的作用至為明顯。可見小說取悅讀者的意圖並非卑下，是否取悅讀者亦非作品優劣之別。

明代袁宏道、清代金聖歎等都極力推崇小說（當然是好小說），使小說的地位提高。近人梁啟超在推動政治活動時更強調小說的重要性，在《論小說與群治之關係》中闡述小說對社會、政治、人生的重大影響。小說的影響力在於讀者樂於接受，樂於接受的原因乃小說有娛樂性。當然，不同的讀者對娛樂性有不同的取向。但小說的基本作用是取悅讀者的道理最明顯不過。

取悅讀者的方法很多，有說他人從未見聞的傳奇故事，有藉男女、天倫的情愛宣洩讀者的感情，有對人生際遇作深刻的描述而震盪讀者的心靈、啟迪讀者的深思。金庸的作品可以說有媚俗的情節，但寫作的手法卻是高超而充滿藝術感。

通俗，是指可以為一般大眾接受的、而非只有少數知識分子才可以欣賞的作品。因而通俗給人的印象常常是次等的作品。要探討這種觀念，又不得不談及通俗和文學之源。

魯迅說唐代始有小說，唐代傳奇卻有人視為貴族文學[17]。持論者說唐傳奇的撰作者乃士人，閱讀者是士人，內容取材也以士人的生活為主，所以這樣說亦非無理（其實說唐代傳奇屬

「士人小說」更合）。但其後宋代興起說書講唱，通俗的內容大受歡迎，小說的路向便偏近通俗。現象是唐人小說高於宋人，可以見到「俗從雅出」。其一原因是由讀者市場造成。

我國文學其一最早作品《詩經》，已有風、雅、頌三種不同風格的作品。雅，本為朝廷之歌樂；風，則是民間民情性情之作。作品本無高下之分，只是欣賞者文化素養有別。小說有雅俗之分，應從佛教傳入後開始算。佛教為了傳布教義，出現了講經駁難重視義理經籍的高僧，也出現了教化下層善信、講唱佛經故事以渡眾生的能僧。今敦煌佛教變文，證實中國最早白話小說「渾金璞玉，交雜相投」[18]，以便於布施說法。因佛教的流布必須通俗接近大眾，用通俗的作品才有生存空間，因而自成一流。但通俗作品的撰寫人也是文智之士，俗從雅出的情況亦明顯不過。

探討作品雅俗之分，我們必須注意到古人民智不普及，文盲極眾，懂得讀書寫字的人在社會佔極少數。所指的高雅作品，一般來說是給文人欣賞的，通俗作品是講說、或講唱給不懂文字的人欣賞的，因而使到兩者有高下之別。但現今教育普及，文盲日少，通俗市場的作品可能

17 劉瑛《唐代傳奇研究》，台北：正中書局，一九八二年，頁一六七至一七〇。

18 胡小偉〈雅俗金庸〉，載吳曉東《二〇〇〇北京金庸小說國際研討會論文集》，北京：北京大學出版社，二〇〇二年，頁一五八。指出宋《高僧傳》卷三〈釋經篇．論第五〉說：「雅、即經籍之事，俗、乃街巷之說。」

亦極具文學價值，因而有通俗文學的出現。宋代以後，面向普羅大眾的許多通俗小說的文學價值也很高。今天來論作品的價值，應再不是雅俗的問題而為是否文學作品的問題。

有人認為通俗流行作品不能視之為文學作品，這是一種未經深思的想法。我國自有小說以來至今日的文學作品，當日都是通俗的流行作品，經時日淘汰而流傳至今。但反過來說，通俗流行作品卻不能都視之為文學作品。文學作品都應具有本身的價值和內涵：能激盪讀者的內心深處，啟迪讀者反省思考。

金庸小說從俗到雅

金庸小說以通俗的武俠小說形式出現，但一些學者細意觀賞後，發覺小說具有內涵及深度，而寫作手法極為出色，因而視之為文學作品。這種論調立即為部分作家和學者否定，認為只是取悅讀者通俗之作，遂於文壇上掀起激烈爭論。

小說是否通俗，其實可以分三方面討論。一是讀者是雅士或是俗人，其次作者是否有學問的人，再其次是作品的質素是否有水準。

金庸是個國學基礎極佳的人，他的寫作態度嚴謹，許多說法都有考據，而且不斷作出精心修改。其次，小說的寫作手法、遣詞用字、內涵精神，以至筆下對人性的探討、人生際遇的感受、美感的描述，都是文學的筆墨。金庸小說的寫作風格亦承傳著中國古典小說的一脈香火。最後，通俗並非一定庸俗，切不可因大受時人歡迎而武斷其創作非文學作品。

金庸小說是雅俗共賞的作品，而然它和傳統的「俗從雅出」的路向相反，金庸小說是「雅從俗出」。最初只是面向大眾為消閒娛樂而寫的小說，走通俗路線。後來，作品中的文學元素愈來愈多，愈來愈明顯，小說已變成極具文學元素的文學作品（詳見後章釋述）。「武俠」只是成了小說的外衣[19]。

從通俗小說變成經典的作品，其間重要的因素是作者金庸對自己的作品作出極長時間的修訂和改寫。這種改寫工程，其實是一種更嚴格的創作。金庸從一九五五年執筆之始到一九八〇年完結明河版的修訂[20]，共二十五年時間中，其中修訂時間佔了五分之二，在二十世紀作家中罕見。有論者認為這是「不容忽視的極重要創作環節」[21]。這種精心修訂，是金庸把小說從通

19 楊興安《金庸小說十談》第十章；香港：三聯書店（香港）有限公司，二〇二四年，頁一六九至一八五。
20 李以建〈以經典文學改寫的金庸小說〉，載《金庸小說與二十世紀中國文學》；香港：明河社出版有限公司，二〇〇〇年，頁八九。
21 李以建〈以經典文學改寫的金庸小說〉，載《金庸小說與二十世紀中國文學》；香港：明河社出版有限公司，二〇〇〇年，頁八九。

俗文學走進經典文學殿堂的極重要過程。

我國歷史上不乏布衣卿相，布衣不是貴族，卿相是貴族。金庸小說由通俗作品始，而以經典文學作品面貌終，就像布衣卿相的情況一樣。金庸小說其實便包括了雅、俗小說的特性，強要把它拉在任何一方，注定失敗而犯駁。

金庸小說的爭論，受到責難和攻擊，實在由於譽之極至，謗必隨之使然。北京王一川編文學史把金庸列入當今四大文學家之一，「攻金」波濤立即湧至，絕不難理解。二〇〇三年六月二十一日，香港報章刊出由全國網頁選舉的中國文化偶像，金庸名列第二，排名僅在魯迅之後，相信不難又起辯鋒。其實金庸的小說並非不可以苛責，也非盡善盡美，無懈可擊，但嚴苛的抨擊要有令人信服的道理。我們亦樂於見到理性的批評文章。

筆者樂於預言三十年內金庸將佔近代文學史上第一席位。這種說法並非毫無根據。只要看看金著讀者之眾之廣，有華人處即有金庸小說；金著引起讀者之廣泛論，學者與小人物均樂於推敲研究，蔚然成風。這種現象文壇罕見。而金著又實在有令人一看再看、三看四看之魅力。其感染力之深之廣，近代作家幾無可比擬。這也是極為值得重視的金庸現象。

第三章　我國武俠小說嬗變

今日社會人士都知道什麼是「武俠小說」[1]。中國最早期的武俠小說，稱為「豪俠小說」，因為武俠小說的源頭是唐代的豪俠小說。小說最初偏重豪士俠客的行徑，後來至宋代發展成偏重描述打鬥的武人故事，文言武俠小說又漸被白話的章回小說替代。再後來發展為揭露社會黑暗的公案小說和譴責小說。到了民國，這類豪士武人的章回小說又出現了一個新局面。

武俠小說源頭探索

中國在什麼時候開始有小說呢？大部分人都同意唐朝時候才有小說。「小說」一詞，古已有之。早見於《莊子．外物》之「飾小說以干縣令，其於大道亦遠矣」。但當時「小說」的意義和今日不同。魯迅在《中國小說史略》說[2]：

> 則此小說者，仍謂寓言異記，不本經傳、背於儒術者矣。

當時所謂的「小說」，是稗官考察民情風俗的街談巷語，絕大多數是記錄異聞、雜事、瑣語一類文章，文人對之不甚重視。魯迅在同書第八章中說：

小說亦如詩，至唐代而一變，雖尚不離於搜奇記逸，然敘述宛轉，文辭華豔，與六朝之粗陳梗概者較，演進之跡甚明，而尤顯者乃在是時則始有意為小說。

魯迅認為小說起自唐代，實因到了唐代文士才刻意地創作小說。唐代的小說表現出作者的創作功力和成就：除了他說的「然敍述婉轉，文辭華豔」之外，洪邁在《容齋隨筆》中說：

唐人小說，不可不熟。小小情事，淒婉欲絕。洵有神遇而不自知者，與詩律可稱一代之奇。

由此觀之，唐人小說的成熟和進步，是「始有意為小說」的效果，文士那個時候（唐代）才刻意創作。「小小情事、淒婉欲絕」是創作效果，「然敍述婉轉，文辭華豔」是小說的寫作技巧。相比之下，唐代以前的小說只是簡單的雜記和寓言，所以說唐代方有小說不無道理。唐人

1　金庸於二〇〇〇年撰寫自況性質的〈月雲〉短篇小說例外，非武俠小說。
2　魯迅《中國小說史略》，香港：三聯書店（香港）有限公司，一九九六年，頁五。

小說，對後世小說影響深遠。何以小說到了唐代才出現突破和大放異彩呢？當與其社會環境有關[3]，究其原因，可分三點：

一 政治性原因

唐代之前小說不受重視，因小說無經世價值。中國士人素重經書，可藉此立身顯達以至在廟堂施展抱負。小說在唐以前只是街談巷語小文章，受人輕視。但到了唐代開科取士，讀書人只要科舉及格便可直入仕途。應試者為了獲得當道大員和應試官的賞識，常把自己文章呈給他們鑒賞。這種風氣叫「行卷」、一呈再呈叫「溫卷」。舉人都愛呈上包括敘述、詩歌和議論三種文體的傳奇體裁作品，這正是進士試中的主要課題。飽學之士因而刻意創作，使到小說佳作紛呈。

二 文風開放，脫駢文的束縛

當時文壇上韓愈提倡古文、解放駢文。以散文寫作更有利小說的創作。韓愈當日領袖文壇，門人學子多亦步亦趨。牛僧孺得韓愈提攜、後來亦以丞相之尊而樂寫傳奇，因而競以散文寫傳奇成為風尚。

三　唐代社會形態充實創作內容

唐代社會宗教氣息濃厚，李氏得天下後奉老子，尊道教。後來武則天臨朝，尊釋氏，奉佛教。社會上道佛教盛行，使時人在精神上充滿今生來世、鬼神仙妖的觀念。[3]唐代又是一個浪漫的社會，融合胡人風尚及外來文化。社會上商業活動頻繁，男女之防大開，婦女在社會上活躍是封建社會之最，加上藩鎮跋扈，相逼仇殺，都激發出不少創作傳奇的好素材。作品都能反映社會及人生的祈求與渴望。劉瑛在《唐代傳奇研究》說[4]：

> 唐初的傳奇，仍不脫志怪的窠臼。除了體裁不同，描寫委婉之外，所記述的無非是妖異詭怪之事。

傳奇承六朝志怪餘緒而發展，總漸遠離神怪而接近人情。最晚出現的傳奇是以豪俠和情愛作題材。該書以取材分傳奇為五類：

3 劉開榮《唐代小說研究》；上海：商務印書館，一九五五年，頁十八至四四。

4 劉瑛《唐代傳奇研究》；台北：正中書局，一九八二年，頁一一六。

志怪類：如古鏡記、三夢記。
出世類：如枕中記、南柯太守傳。
諷刺類：如周秦行記、定婚店。
豪俠類：如虬髯客傳、聶隱娘。
言情類：如霍小玉傳、離魂記。

唐傳奇亦可統分三類，便是述說玄怪仙妖故事的玄怪類、其次是男女相慕相戀的言情類，和講述豪俠異士異行的豪俠類。無論怎樣分類，豪俠類出現較晚。豪俠類小說的出現，標誌著傳奇最高峰的成就。已清楚見到傳奇作者的意識已轉向人物創作。豪俠類作品側重刻劃人物的遭遇和性格，無疑開創刻劃人物創作的先河。

從豪俠到武打

唐豪俠小說始愛刻劃人物，亦開武俠小說的先河。唐傳奇大多數作品描寫男女追慕之情和談仙寫妖，這些作品在反映民間生活的痛苦、人民不平的遭遇和備受壓迫都未有深刻的描繪，素材亦多局限於一個小天地。但豪俠小說卻以浪漫主義筆調，寫各階層人民的生活，尤以奴僕下層人物為多。寫出小人物所受之壓迫和強烈的慾望，充滿生活氣息。同時，不乏描述社會黑暗面、為被壓迫者深抱不平。其中故事主要人物再不是公卿貴士[5]，在當時而言是一種突破，極為進步，為我國建立寫實小說良好基礎。

豪俠類作品一方面歌頌英雄的本領和胸襟，一方面歌頌讚美無償義助、俠骨丹心、捨己為人的為人精神。將人性中的美、善本性呈現於文學之中。金庸的武俠小說同樣具備這種精神。也是從多角度描述古代人世間的悲歡離合、道義和詭詐、擔當和野心，大有唐代豪俠小說之遺風。

《太平廣記》「豪俠篇」二十五則[6]，有述其人豪邁、有述其人俠氣、俠義，但並非每個人都懂武藝。值得注意的是「豪俠篇」之前有「驍勇篇」，在編纂者眼中，顯然「驍勇篇」和「豪

5　唐豪俠小說多述小人物的義行，如崑崙奴是奴僕，紅線是婢女、京西店老人是木匠、馮燕是游士、義俠和李龜壽是刺客，差不多無顯貴者。

6　李昉《太平廣記》；香港：中華書局，一九八五年。豪俠篇二十五則篇目如下：
一、李亭　二、虬髯客　三、彭關高瓚　四、嘉興繩技　五、車中女子　六、侯彝　七、僧俠　八、崔慎思
九、聶隱娘　十、紅線　十一、胡澄　十二、馮燕　十三、京西店老人　十四、商陵老人　十五、盧生　十六、
田膨郎　十七、宣慈寺門子　十八、李龜壽　十九、潘將軍　二十、寬人妻　二一、荊十三娘　二二、許寂
二三、丁秀才　二四、義俠　二五、崑崙奴。

俠篇」不同，前者側重事態的描述，只重於武人勇藝的表現，但「豪俠篇」列舉及描述人物的出身、言狀、經歷及歸向，側重人的描述，寫得生動而細膩。

台灣作家葉洪生在《武俠小說談藝錄》中[7]，說「若謂唐人傳奇為武俠小說之遠祖、當不為過」。與本文觀點正正相同。但隨後卻說惟這類「豪俠」傳奇也有兩個公婆：一是漢初司馬遷《史記》中的游俠、刺客列傳；二是魏晉、六朝間盛行「雜記體」神異、志怪的小說。

此種說法，實有明辨之必要。歷來許多人把文學創作和史學記述混為一談，因而矇混不清。杜光庭的〈虬髯客傳〉是篇極出色的豪俠小說。今人饒宗頤教授於〈虬髯客傳考〉中考證傳多處與史實不符。說「特文中與隋唐史事乖違至多，光庭文學之士，通達古今，諒不謬悠至此也」。[8]有人因而把〈虬髯客傳〉此文價值貶低。殊不知饒氏考證得該文與史相違、指出無史學價值、反而處處指出此文之文學價值、就中可見作者在文學上創意之高明。

豪俠故事，本非始自唐代。《史記》中〈刺客列傳〉和〈游俠列傳〉早就寫俠義事蹟，但這是以史筆敘事。要鋪張幻設，假借創造情節的小說還是應由唐代開始。因而葉洪生之「兩個公婆」之說不能成立。

唐豪俠小說有輝煌的成就，但隨後五代至宋，卻無任何發展，且有衰落之勢[9]。宋後小說分文言的傳奇體和白話小說的話本兩大類。

宋時傳奇由「說話人」用說書方式傳播、產生白話小說——宋人話本。其中「公案、提刀、趕棒」佔的比例不少，可推知豪俠類作品影響宋人話本之甚。吳自牧《夢粱錄》載[10]：

說話者，謂之舌辯。雖有四家，各有門庭。小說名銀字兒。如煙粉、靈怪、傳奇、公案、提刀、趕棒、發跡、變泰之事。……說經者，謂演說佛書。說參請者，謂賓主參禪悟道等等。

可見宋人說書中，有專講豪俠武打的故事。如〈楊溫攔路虎傳〉描寫楊溫與李貴對打、逐招交代、並採用內行術語[11]。可見宋人話本中已有長篇武俠章回小說的雛形。這種轉折其中有兩種變化，一是由唐豪俠之短篇演化成長篇，其二是從描述俠客的雄豪義慨轉而多說打鬥時的

7 葉洪生《武俠小說談藝錄》；台北：聯經出版事業公司，一九九四年，頁十四。
8 載《大陸雜誌》十八卷一期。
9 葉洪生《武俠小說談藝錄》；台北：聯經出版事業公司，一九九四年，頁十九。
10 蔣祖怡《小說纂要》第四章：中國小說外形之嬗變；台北：正中書局，一九七九年。
11 葉洪生《武俠小說談藝錄》；台北：聯經出版事業公司，一九九四年，頁二二。

招式、相鬥時的各盡武藝。吳宏一在〈從俠義的觀念到武俠的風貌〉一文中說：

唐宋以後的俠義小說，用武的描寫越來越多人也多，也越來越多姿多彩。寫拳法，可以一當十。寫劍術，可以「橫若掣帛、旋若焮火」；寫使棍棒，可以「如金龍罩體、玉蟒纏身，遠者以秋葉翻風，近者身如落花墜地」；寫發彈丸、可以氣如白虹、遶人之頸。「其勢奔掣、其聲錚鏘」。所寫武功，真是千變萬化、令人歎為觀止。

上文所說對武藝的描述，只不過引自宋代作品如《郭倫觀燈》、《趙太祖千里送京娘》、《潘扆》等。到了民國，小說的武功寫得更神化，奇幻如施仙法，以還珠樓主的《蜀山劍俠》為最，極受一般「市井細民」歡迎。

寫豪俠，寫武打而極有成績的，是明代從「擒賊招語」、「宣和遺事」擴展而成的《水滸傳》。《水滸傳》是豪俠小說一脈的傑作。明代袁宏遠、鍾伯敬、李卓吾等均推崇備至。清代金聖歎譽為世間六大才子的書之一[12]。

其後出現的公案小說和譴責小說，都是豪俠武打小說一脈。但公案小說已多描述社會黑暗、良民備受凌辱壓迫而蒙禍蒙冤。小說一方面揭露社會的黑暗，一方面寫豪俠義士怎樣替清官揭露冤案，這時英雄豪傑的唯一出路是報效朝廷，英雄的高逸和氣概未免大打折扣而失色。

下列宋至清末著名豪俠武俠小說書目，從中可窺發展大概。

甲：章回小說

宋	宋江三十六贊 忠義水滸（百十五回本） 忠義水滸（百二十回本）
明	水滸傳
清	七俠五義：俞樾增改 小五義、續小五義 施公案 彭公案 後水滸 蕩寇志 兒女英雄傳（金玉緣） 七劍十三俠

12 金聖歎認為六才子書是《離騷》、《莊子》、《史記》、《杜工部詩》、《水滸傳》和《西廂記》。

乙：短篇小說

宋	明	清
盜智：費袞 張乖崖：張師正 霍將軍：洪邁	劉小東：宋懋澄 秦士錄：宋濂	大鐵稚傳：魏禧 劍俠：王士禎 女俠：王士禎 記盜：紀昀 秦淮健兒傳：李漁 雲娘：鈕琇 甘鳳池：（清代述異） 大刀王五：（清代述異） 霍元甲：（清代述異）

宋代及其後的作品，寫作成就不比唐代高。在這樣嬗變的過程中，我們不能忽略文人對俠士描述的轉變。

（甲）寄主與寄主關係而言，唐代俠士多寄身奴僕或行商，甚而是方外的僧道。如崑崙奴寄身崔家，紅線為小婢，荊十三娘為女商人。車中女子是女盜首，僧俠為僧人等。他們的身分卑微和隱晦的。唐後俠士則寄身公門的皂隸，為皇家效力，如包拯手下王朝馬漢等，頗有甘人軀使之態。

（乙）俠士的特色亦有不同，唐代俠士寄俠於豪、慷慨豪邁中，身手是隱蔽的，描述中對其武藝與氣概均重視。而唐後俠士寄俠於武，描述多偏重武藝和打鬥的描述。

（丙）唐代俠士的行為有報仇、報恩，或因敬重對方而義氣相酬，或如虬髯客之成人之美。而唐後的俠士則投入社會，幫助清官，為法律之執行者。

（丁）對俠士氣質的描述，最為不同。唐代豪俠心中自有天地，輕視王恩律法，志在逍遙，追求自己理想，不宥於禮教王法，敢作敢為，事後多遁身塵世。而唐後俠士多為禮教約束。表現只為律法的僕役，對生命的追求欠缺理想和更高層次。

金庸小說的創作，深受唐代豪俠小說影響，形式上雖然是章回體長篇小說，但內容精神卻和宋明清小說有異，而受民國初年出現的武俠小說的面貌影響亦有限。金庸在寫作技巧及描述的俠士精神上直追唐代豪俠小說，深具唐代豪俠小說的精神。這種取態，是他的武俠小說其一特色，也是能夠突破同類作品，在創作上得到空前成就的主要原因。

第四章　小說創作之時代背景

金庸小說被稱為武俠小說，其實「武俠」一詞，原來出自日本通俗作家押川春浪（一八七六至一九一四）。因其所著三部小說以武俠為名，內容鼓吹武俠精神，風行日本[1]。國人受到影響，把這個名詞介紹到中國。日本早稻田大學教授岡崎由美在〈武俠與二十世紀初葉的日本驚險小說〉對此有詳細介紹[2]。押川春浪之小說雖然以「武俠」為目，但其實是科幻驚險小說。作品中主人翁都是體育運動的全才，勇猛果敢，富有日本武士道的正義感與愛國精神[3]。很多他的作品當時透過翻譯傳到中國。

民初武俠小說蓬勃

中國刊物最先採用「武俠」一詞的，要算是一九〇三年梁啟超在橫濱辦《新小說》之〈小說叢話〉的評論[4]。最早標明為「武俠小說」者，是林紓在《小說大觀》第三期（一九一五年十二月）所發表的〈傳眉史〉。嗣後，以「武俠」為書名的刊物便相繼出現，「武俠」一詞不脛而走[5]。

公案小說到了清末，幾乎把豪俠、武俠等小說帶入窮巷，但誰料民國初年前後，社會上突然又湧現大量「義俠」、「俠義」、「俠情」、「技擊」等名目的武俠小說[6]。這實在由於當日中國積弱的時代背景而致。

十九世紀末與二十世紀初期，上海由元代的漁村、明代的小鎮、一躍而為通商的大埠，更發展成為繁榮的商業中心和大規模生產工業製成品的城市。市民要求大量信息外，需要攝取精神食糧以調劑疲勞單調的城市生活，報章上消閒文字的副刊便應運而生[7]。報刊因有良好的長篇連載而銷量大增，於是各式各派的小說陸續相繼出現、生態蓬勃，文壇出現了大量通俗作家及通俗作品。在范伯群主編的《中國近現代通俗文學史》緒論中說：

---

1 葉洪生《武俠小說談藝錄》，台北：聯經出版事業公司，一九九四年，頁十二。此三本作品名稱是武俠艦隊》、《武俠之日本》及《東洋武俠國》。

2 李以建《金庸小說與二十世紀中國文學》，香港：明河社出版有限公司，二〇〇〇年，頁二一一至二二五。

3 岡崎由美〈武俠與二十世紀初葉的日本驚險小說〉，載《金庸小說與二十世紀中國文學》，香港：明河社出版有限公司，二〇〇〇年，頁二一三。

4 葉洪生《武俠小說談藝錄》，台北：聯經出版事業公司，一九九四年，頁十二：載有署名「定一」者評論古今名著時說：「《水滸》一書為中國小說中錚錚者，遺武俠之模範。……」

5 葉洪生《武俠小說談藝錄》，台北：聯經出版事業公司，一九九四年，頁十三。

6 葉洪生《武俠小說談藝錄》，台北：聯經出版事業公司，一九九四年，頁十三。

7 范伯群《中國現近代通俗文學史》，南京：江蘇教育出版社，一九九九年，頁十至十三：該文指出新文學誕生地點雖然在北京，但掀起近現代文學熱卻發祥於上海。北京僅受上海輻射而已。純文學及通俗文學的發展皆不離城市的現代化。

這些通俗作家也決不是對中國以外的世界無知的「冬烘式才子」或「三家村學究」。他們崇尚民族傳統形式的同時，也向外國文學學習創作技巧與活的文字語言。

一九一五年包天笑主編中國第一本大型季刊《小說大觀》[8]。當時，中國新文學發展正盛，而通俗文學的發展也不遑多讓。在眾多形式通俗文學中，武俠小說漸而匯成一股主流，作家輩出，名著作品陸續登場而極受讀者歡迎。

武俠小說之興，有人認為是在民國初年庚子之後，梁啟超、楊度等人鑒於屢挫於外敵（當時的日本人和西洋人）的教訓，要喚起重振中華民族戰國時代的「武俠」精神，提倡武俠文學。梁啟超一九〇四年出版了《中國之武士道》的專書。一九〇一年至一九二一年中，由知識分子撰寫了一批褒揚武俠精神的作品[9]，民初十年武俠小說已有長篇、亦有短篇，文言白話並存[10]。當時重要作家及代表作品如下：

向愷然（筆名平江不肖生）：《江湖奇俠傳》

趙煥亭：《奇俠精忠傳》

顧明道：《荒江女俠》

姚民哀：《四海群龍記》

其時有「南向北趙」之説。向愷然風格是渲染奇幻加上技擊的描述；趙煥亭敍風土人情，神化武功；顧明道重俠骨柔情；姚民哀寫幫會武俠。作者各有所長，均有眾多讀者捧場。到了三十年代，又出現「北派五大家」[11]其代表作品及風格如下：

還珠樓主（本名：李壽民，一九〇二至一九六一）

描寫奇幻仙俠的《蜀山》系列。

白羽（本名：宮竹心，一八九九至一九六六）

描寫社會百態的《錢鏢》系列。

鄭證因（本名：鄭汝霈，一九〇〇至一九六〇）

8　范伯群《中國近現代通俗文學史》，南京：江蘇教育出版社，一九九九年，頁十至十三。
9　范伯群《中國近現代通俗文學史》，南京：江蘇教育出版社，一九九九年，頁四五一。
10　葉洪生《武俠小説談藝錄》，台北：聯經出版事業公司，一九九四年，頁二九。
11　葉洪生《武俠小説談藝錄》，台北：聯經出版事業公司，一九九四年，頁三二至五九。

描寫幫會技擊的《鷹爪王》系列。

王度廬(本名:王葆祥,一九〇九至一九七七)

描寫悲劇俠情的《鶴驚崑崙》系列。

朱貞木(本名:朱楨元,一八九五至一九五五)

描寫奇情推理的《虎嘯龍吟》系列。

就上述所列,已可見武俠小說從說豪說俠、進而偏重武打。武打而極,小說都又要另添創作元素方能吸引讀者。小說中有神怪玄幻、有人情世道、有幫會揭秘、亦有社會百態、情義並重的,可謂多彩多姿。武俠小說的發展出現百花齊放的盛況。一九四九年以後,內地查禁一切武俠小說,武俠小說的發展戛然而止,無疾而終。

新派武俠小說登場

金庸的小說被稱為「新派武俠小說」。但其本人不是始作俑者,新派武俠小說的開山祖師是梁羽生而非金庸,而梁羽生之所以寫新派武俠小說,全因一個偶然的原因。

一九五四年一月香港太極拳的吳公儀和白鶴派的陳克夫兩位武師，從報章上罵戰進而約定在擂台比武，一決武功的高下。由於香港政府不准許公開決鬥，賽事移師澳門舉行。結果比賽在吳公儀一瞬間打傷陳克夫的鼻子而落幕。事件哄動港澳整個社會，造成熱門話題。當時《新晚報》編輯羅孚立即找梁羽生馬上寫一篇武俠小說應景。一月十七日比武，《新晚報》十九日出預告，二十二日梁羽生的第一部武俠小說《龍虎鬥京華》便出場連載[12]。

梁羽生本名陳文統，當時是《新晚報》同系《大公報》社評委員兼《新晚報》副刊編輯，對中國文學修養，尤其是詩詞對聯造詣深湛，要寫武俠小說這些遺興文章是有顧慮和不無委屈之感的[13]。但既來之，則安之。

據香港浸會大學舉辦的「梁羽生講武論俠會」上梁氏發言文稿〈早期的新派武俠小說〉裏，表示了他的寫作取向和對「新派武俠小說」特色的見解[14]。他說：

我盡量採用舊式章回小說寫法，用回目、講對仗、求典雅：用詩詞做開篇；至於我完

12 梁羽生〈早期的新派武俠小說〉，載《香港文學》二〇〇二年三月號，頁七八。
13 梁羽生〈早期的新派武俠小說〉，載《香港文學》二〇〇二年三月號，頁七八。
14 梁羽生〈早期的新派武俠小說〉，載《香港文學》二〇〇二年三月號，頁八十至八一。

全不懂的江湖術語、武功招式等等，則只能從前輩作家的著作「偷師」了。因為他們（讀者）覺得小說的寫法很像他們熟悉的「北派小說」。這也難怪，我這個處女作的確是受到白羽的影響的。

從這一番話、我們可以窺見「新派武俠小說」的風格。也可以猜想陳文統為什麼筆名叫「羽生」了。

其實香港五十年代報刊雜誌早有刊載「廣派」武俠小說。所謂「廣派」是指以廣府話（粵語）行文而寫的武俠小說。內容多寫福建少林再傳第子洪熙官、方世玉、胡惠乾等軼聞軼事。最初由廣東佛山人鄧羽公寫《少林英雄血戰記》、《黃飛鴻正傳》等作品，成為香港武俠小說開山祖[15]。較有名氣的作家尚有朱愚齋、許凱如（念佛山人）、陳勁（我是山人）等人。廣派武俠小說文白夾雜，氣象狹隘。屬於寫小地區打架故事的文筆、成績不高，也未受到重視，新派武俠小說登場便瞬即取而代之。

新派武俠小說造成什麼影響呢？梁羽生在文章中說[16]：

一　報紙銷量立竿見影的增加了。

二　武俠小說漸成為城中話題。
三　在小說結筆之前，盜印本已出現。
四　外地如泰國、越南、印尼等中文版報紙爭相轉載。
五　香港報壇吹起武俠風，許多大報增加了武俠小說，作家人才輩出，到了金庸登場，武俠風愈演愈烈。

金庸的武俠小說便是在這樣環境下登場。

金庸第一部小說《書劍恩仇錄》是長篇小說，在《新晚報》上連載差不多兩年。金庸第二部武俠小說《碧血劍》在《香港商報》刊出，由一九五六年一月一日寫到十二月三十一日，剛好是一年。為什麼日期這麼完整、由元旦寫到除夕呢？因為報章要改版，便請金庸配合。可見當日連載作品的限制[17]。金庸的第三部小說《射鵰英雄傳》也在《香港商報》連載，寫至一九五九年五月。其後在自辦的《明報》刊出《神鵰俠侶》。

15　葉洪生《武俠小說談藝錄》，台北：聯經出版事業公司，一九九四年，頁六一。
16　梁羽生〈早期的新派武俠小說〉，載《香港文學》二〇〇二年三月號，頁七九。
17　張初〈在梁羽生講武論俠會上的發言〉，載《香港文學》二〇〇三年三月號。

梁羽生在浸會大學披露了兩則鮮為人留意的掌故。當時，何以有「新派」武俠小說之名？一方面有人認為命名可與「北派」及「廣派」武俠小說分別；其中另個原因、卻是新派的「新」字乃由於在《新晚報》刊出、所指是《新晚報》刊載的關係[18]。其次是梁羽生說他是第一個知道「金庸有寫武俠小說之才」的人[19]。

梁羽生沒有說出原因。但筆者早年曾聽過傳說梁羽生最早期的小說曾找過金庸代筆。當日報社文人告假，找人代筆連載免於脱稿，甚為尋常。金庸也曾請倪匡代筆，乃人所共知的事。但有關「代筆」傳言，未能找到佐證，兩位老人家也緘口不談。如果傳聞屬實，當日並未顯達的金庸為找點稿費而動筆、更或者認為武俠小說受讀者歡迎而動筆，便成了金庸最初撰寫小說的原動力了。

金庸對創作小說的觀念

金庸於二十世紀五十年代在中國南方邊陲一個文化風氣未盛的小島，撰寫武俠小說，為文壇綻放異彩，影響遍及全球華人地區達數十年，背後實在因有源遠流長的文化背景、和自由創作的風氣使然。但金庸個人的文化素養和寫作態度的取向、才是他摘取冠冕的主要因素。我們可以在一系列訪問和對話的記錄中，見到金庸成功的元素。

一　金庸博覽力學　勤於閱讀

金庸是浙江海寧查氏世家之後，父祖輩都是博學的讀書人。金庸幼受庭訓，學問早有結實的根基。但他能創作出震動文壇、光耀閃爍的作品，則與他個人的興趣與力學不輟有極大的關係。香港作家翁靈文在〈金庸暢敘平生和著作〉[20]說：

> 以前他只是翻譯些西洋短篇小說，一嘗試寫小說便贏得了廣大讀者，而且為武俠小說開了新境界，……。這些看似皇天獨眷，實則早有長期的醞釀。像幼年接觸的平江不肖生（向愷然）作品；抗戰時期興味盎然所讀的大仲馬、斯葛脫等浪漫主義傳奇作品；在上海所看的一些白羽等武俠小說；到香港後閱讀的克莉斯蒂的現代西方偵探小說等、都在日

18 鄺健行〈論劍談詩歷一周：梁羽生先生來浸大訪問記事本末〉，載《香港文學》二〇〇二年三月號。又筆者亦在會上親耳聽到梁羽生如此發言。

19 梁羽生〈早期的新派武俠小說〉，載《香港文學》二〇〇二年三月號，頁八一。

20 翁靈文〈金庸暢敘生平和著作〉，載沈登恩《諸子百家看金庸．第三輯》；台北：遠景出版事業公司，一九八五年，頁七。

後著手寫武俠小說起一定影響。

金庸對自己的博覽、又怎樣說呢？盧玉瑩〈訪問金庸〉中[21]，金庸這樣說：

我自小在小學中學就一直租武俠小說看，買來看，一直就喜歡、古代的武俠小說差不多全看過了，現在亦有看，很有興趣。

「古代的武俠小說差不多全看過了，」這一句話，恐怕沒有許多作家能說出來。看了許多書，對金庸的寫作有什麼影響呢？劉曉梅〈文人論武〉[22]中，金庸這樣說：

我想《七俠五義》、《小五義》、《水滸傳》是有影響，而較近的武俠小說作家白羽、還珠樓主對我也有影響、還有一個傳統來自西方古典書籍。法國大仲馬、英國司各特、史蒂文生，在故事結構上對我有影響。至於故事很誇張，則來自近代武俠小說。民國初年到現在，上海及北方有很多武俠小說，雖然比較粗糙，但難免受其影響。

金庸豐富的內涵學識，除了鑽研書本外，他的影劇知識也極豐富而有心得是許多同輩作家難以企及的。金庸在《射鵰英雄傳》後記說：

寫「射鵰」時，我正在長城電影公司做編劇和導演，這段時期中所讀的書主要是西洋的戲劇和戲劇理論。

對於電影，金庸是否熟悉呢？在林清玄〈大俠金庸爐邊談影〉[23]說：

我在一九五二年到一九五七年寫了五年影評，大概每天看一部電影，多數是看外國電影。

---

21 盧玉瑩〈訪問金庸〉，載沈登恩《諸子百家看金庸．第三輯》；台北：遠景出版事業公司，一九八五年，頁三一。
22 劉曉梅〈文人論武〉，載沈登恩《諸子百家看金庸．第三輯》；台北：遠景出版事業公司，一九八五年，頁一五二。
23 林清玄〈大俠金庸爐邊談影〉，載沈登恩《諸子百家看金庸．第三輯》；台北：遠景出版事業公司，一九八五年，頁一七三。

寫了五年影評，每天看一部，五年內差不多看了一千八百部電影，這種經驗，恐怕也難找到第二位作家可以與之並肩相比。

除了博覽書籍上影劇的知識，我們還不要忽略金庸的英語能力。因為金庸的中文極好，從內地成長後才到香港生活，許多人直覺認為他不懂英語。當然，很多人都知道他來香港後第一份工作是在《大公報》當翻譯。英語的水平已很好了。筆者曾在金庸的辦公室工作過，曾替他撿拾書籍，發覺他閱讀多部以英文寫作的哲學書，他的英語程度應怎樣，我們也應心中有數了。倪匡形容他力學英語，在〈武俠小說大宗師：金庸〉[24]中說：

> 二十年前，他自己覺得英文程度不好，進修英文，家有一個一人高的鐵櫃，抽屜拉開來，全是一張一張的小卡片，上面寫滿了英文的單句、短句，每天限定自己記憶多少字。據沈寶新先生說，金庸在年輕時，每天限定自己要讀若干小時的書，絕不鬆懈。

金庸的英文厲害，當然對拓展視野和創作小說極有幫助。「一個人能成功，絕非倖致，天分固然重要，苦學更不可或缺。」[25]

二　金庸對武俠小說觀念

金庸心中小說的觀念，對他下筆創作時極有影響，首先，金庸對小說和武俠小說有什麼看法呢？金庸說：

我以為小說主要是刻劃一些人物，講一個故事，描寫某種環境和氣氛。小說本身雖然不可避免的會表達作者的思想，但作者不必故意將人物、故事、背景去遷就某種思想和政策。我以為武俠小說和京戲、評彈、舞蹈、音樂等等相同，主要作用是求賞心悅目，或悅耳動聽。[26]

＊＊＊

武俠小說，一方面形式跟中國古典章回小說類似，第二它寫的是中國社會，更重要的

24 倪匡〈武俠小說大宗師金庸〉，載沈登恩《諸子百家看金庸．第三輯》；台北：遠景出版事業公司，一九八五年，頁六一。

25 這句話是倪匡在〈武俠小說大宗師金庸〉說的，借用來作此小段的結語，也恰當不過。

26 林以亮〈金庸的武俠世界〉，載沈登恩《諸子百家看金庸．第三輯》；台北：遠景出版事業公司，一九八五年，頁十四。

是，它的價值觀念，在傳統上能讓中國人接受。27

***

當然武俠小說本身是娛樂性的東西，但我希望它多少有一點人生哲理或個人理想，通過小說可以表現一些自己對社會的看法。28

***

武俠小說中「正義伸張」是必要的，如果正義不伸張，讀者覺得不過癮，道德意味也太差了。29

***

武俠小說是中國小說的一種形式，西洋小說裏面沒有的一種形式。中國武俠小說是在長期中，很自然地演變出來的。武俠小說當然與武俠有關，但本身是小說形式，表面是鬥爭，精神卻是俠義的，有著中國傳統道德觀念，大部分內容是以中國傳統道德觀念為主。30

***

武俠小說大都是描寫中國人的社會，中國的人物，中國人有親切感……我認為武俠小說流行的原因，最主要的是其「民族形式」，中國人對中國傳統的東西自然不知不覺會較易接受。[31]

＊＊＊

武俠小說多是虛構的，有了歷史背景，便加強其真實感，武俠小說不可好似神話那樣，要有真實感。[32]

＊＊＊

武俠小說寫的是中國人的道德倫理，有濃厚的民族色彩。[33]

---

27 劉曉梅〈文人論武〉，載沈登恩《諸子百家看金庸．第三輯》；台北：遠景出版事業公司，一九八五年，頁一四六。

28 黃里仁〈掩映多姿，跌宕風流的金庸世界：一、雲起軒中英雄會〉，載沈登恩《諸子百家看金庸．第三輯》；台北：遠景出版事業公司，一九八五年，頁一二一。

29 黃里仁〈掩映多姿，跌宕風流的金庸世界：一、雲起軒中英雄會〉，載沈登恩《諸子百家看金庸．第三輯》；台北：遠景出版事業公司，一九八五年，頁一二八。

30 盧玉瑩〈訪問金庸〉，載沈登恩《諸子百家看金庸．第三輯》；台北：遠景出版事業公司，一九八五年，頁二三。

31 盧玉瑩〈訪問金庸〉，載沈登恩《諸子百家看金庸．第三輯》；台北：遠景出版事業公司，一九八五年，頁二四至二五。

32 盧玉瑩〈訪問金庸〉，載沈登恩《諸子百家看金庸．第三輯》；台北：遠景出版事業公司，一九八五年，頁二八。

33 黃里仁〈掩映多姿，跌宕風流的金庸世界：一、雲起軒中英雄會〉，載沈登恩《諸子百家看金庸．第三輯》；台北：遠景出版事業公司，一九八五年，頁一一〇。

總括來說，金庸認為武俠小說是中國特有的文類，有中國的傳統道德觀念，可以是賞心悅目和有娛樂性的。

三 金庸的創作觀念和創作

金庸認為「好小說就是好小說，和它是不是武俠小說沒有關係。問題是作品是否能夠動人……」。[34]他隨之說「文學主要是表達人的感情」，因而他的武俠小說主要是刻劃人性在情感上的各種表現。他在《笑傲江湖》後記中直截了當地說「我寫武俠小說是想寫人性」。金庸的創作可說是側重人的描寫、人性的描寫。

金庸對創造人物、描述人物有這樣的看法：

> 我寫武俠還是由人物出發，想像中國社會有這樣一種人，把幾個人的性格確定之後，再根據自然原則發展、戀愛、鬥爭、想像某種性格可能發生什麼事。[35]
>
> ＊＊＊
>
> 如果一部小說單只好看，讀者看過之後就忘記了，那也沒有什麼意思。如果在人物刻劃方面除了好看之外，還能夠令讀者難忘和感動，印象鮮明的話，那又是一進步了。畢竟

小說還是在於反映人生的。……當然人生的各部分都可以，也應該加以反映，不過，我認為歸根結底情感還是人生中一個相當重要的部分。36

＊＊

因為故事往往很長，又複雜，容易被人忘記，而人物則比較鮮明深刻……讀者看後，時常都會記起。寫小說，我認為人物比較重要。……我的重點放在人物方面。37

＊＊

我最喜歡寫的人物就是在艱苦的環境下仍不屈不撓、忍辱負重、排除萬難，繼續奮鬥的人物。38

34 杜南發〈長風萬里撼江湖〉，載沈登恩《諸子百家看金庸．第四輯》；台北：遠景出版事業公司，一九八五年，頁十。

35 于馨〈赤子衷腸俠客行〉，載沈登恩《諸子百家看金庸．第四輯》；台北：遠景出版事業公司，一九八五年，頁五九。

36 杜南發〈長風萬里撼江湖〉，載沈登恩《諸子百家看金庸．第四輯》；台北：遠景出版事業公司，一九八五年，頁二二。

37 盧玉瑩〈訪問金庸〉，載沈登恩《諸子百家看金庸．第三輯》；台北：遠景出版事業公司，一九八五年，頁二七。

38 黃里仁〈掩映多姿，跌宕風流的金庸世界：一、雲起軒中英雄會〉，載沈登恩《諸子百家看金庸．第三輯》；台北：遠景出版事業公司，一九八五年，頁一三八。

由於受宋明清和近代武俠小說的影響，許多人一提及武俠小說，總以為是連番相爭打鬥的故事。誰知金庸所重視的，是小說中的人物和人性。這是金庸在創作上一個極重要的取捨方向，亦是令他的武俠小說跳出沿襲了幾百年的窠臼，令武俠小說重新賦上新精神，新意義的取向。

對於人物和人性的描述，金庸又有些什麼見解呢？他說：

> 小說總是要情感愈強烈愈好，內心衝突愈鮮明愈好。39
>
> ＊＊＊
>
> 《倚天屠龍記》我寫的卻是我對人生的一種看法，想表達一個主題，說明這個世界上所謂的正邪、好的壞的，這些觀念，有時很難分。不一定全世界都以為好的，就一定是好的，也不一定是全世界以外都是壞的，就一定是壞的。……。一個人由於環境的影響，也可以本來是好的，後來慢慢變壞了。40
>
> ＊＊＊
>
> 另一方面我寫的角度也不是好人、壞人相當分明的，壞人也有值得同情的地方。41

金庸對人性的好壞有深刻的體會，人物中自然出現了正中有邪、邪中有正，或正或邪，亦邪亦正的人物。於是，金庸筆下的人物便繽紛多姿得多，立體得多。他把許多一般人物的樣版化打破了，宣示出更真實、更深刻的性格，帶引讀者走進一個更深邃而令人深思的境界。

金庸亦注意到刻劃情感性格的描寫，在他的健筆之下，出現了一個又一個性格鮮明，可愛或可恨的人物。

金庸重視人物和性格的刻劃已無可置疑，其實金庸的全部作品，用另一種眼光看來，可以說全部都是「人性小說」，因為小說中對人性的表達著墨最濃。退一步而言，金庸的小說，以篇幅和內容性質比重而言，金庸的小說其實是愛情小說。此絕非嘩眾之言。金庸武俠小說之中哪一部沒有纏綿悱惻、悽愴無奈、悲歡激盪的愛情？金庸小說中恐怕愛情的成分比武打的為多。若把小說中的愛情成分抽去了，當不至空白貧匱，但亦肯定大為失色。說金庸小說是愛情小說，一點也不為過甚。

39 于馨〈赤子衷腸俠客行〉，載沈登恩《諸子百家看金庸．第四輯》；台北：遠景出版事業公司，一九八五年，頁七十。

40 陸離〈金庸訪問記〉，載沈登恩《諸子百家看金庸．第三輯》；台北：遠景出版事業公司，一九八五年，頁四十。

41 黃里仁〈掩映多姿，跌宕風流的金庸世界：一、雲起軒中英雄會〉，載沈登恩《諸子百家看金庸．第三輯》；台北：遠景出版事業公司，一九八五年，頁一二四。

縱然金庸小說是愛情小說，但仍應視之為武俠小說。因為所有的金庸小說，都披上武俠小說的外衣。

掀起金庸小說的外衣，我們不難發現一些作品中，亦有偏重，可以再分門別類，例如《書劍恩仇錄》是歷史小說，《神鵰俠侶》是愛情小說，《倚天屠龍記》是偵探小說，《天龍八部》是人性小說，《笑傲江湖》是政治小說，《鹿鼎記》是傳奇小說等[42]。另一俠武小說家古龍也曾說過「武俠小說可以融合各種小說類型及小說寫作技巧」[43]。原來金庸表演寫作身手，輪番上演各類小說。

金庸創作小說重視人性，他所重視的主題又是什麼呢？他說：

> 武俠小說通常有兩個主題：一是鬥爭、一是愛情。這兩個主題都是年輕人喜歡的。[44]
>
> ＊＊＊
>
> 偵探小說的懸疑與緊張，在武俠小說裏面也是兩個很重要的因素。因此寫武俠小說的時候，如果可以加進一點偵探小說的技巧，也許可以更引起讀者的興趣。[45]

金庸除了在創作時重視主題的鬥爭、愛情、緊張、懸疑的元素外，認為「有了歷史背景，便加強其真實感」[46]。但金庸又認為「在小說中加插一些歷史背景，當然不必一切細節都完全符合史實，只要重大事件不違背就是了」。[47]雖然金庸說通過小說表達他的一些看法，但他也說「我不想載什麼道」。[48]金庸不會在作品中明白地說出自己的是非觀念，而讓讀者自己去感覺，去判斷、甚而引起疑惑、討論，這種作風也是他極聰明的地方。

金庸的第一部小說《書劍恩仇錄》，便有強烈《水滸傳》的格局和影子，也是一群草莽英雄合力對付朝廷的故事。在一次訪問中，金庸夫子自道說：

> 那時不但會受「水滸」的影響，事實上也必然受到了許多外國小說，中國小說的影

42 楊興安《金庸小說十談》第十章，對金庸小說之武俠外衣有詳論：如指出《神鵰俠侶》為愛情小說，《倚天屠龍記》為偵探小說，《天龍八部》是人性小說，《笑傲江湖》是政治小說……等等。

43 黃里仁〈掩映多姿，跌宕風流的金庸世界：一、雲起軒中英雄會〉，載沈登恩《諸子百家看金庸．第三輯》；台北：遠景出版事業公司，一九八五年，頁一四〇。

44 盧玉瑩〈訪問金庸〉，載沈登恩《諸子百家看金庸．第三輯》；台北：遠景出版事業公司，一九八五年，頁二五。

45 陸離〈金庸訪問記〉，載沈登恩《諸子百家看金庸．第三輯》；台北：遠景出版事業公司，一九八五年，頁四二。

46 盧玉瑩〈訪問金庸〉，載沈登恩《諸子百家看金庸．第三輯》；台北：遠景出版事業公司，一九八五年，頁二八。

47 明河版《雪山飛狐》後記。

48 台灣遠流版「金庸作品集」序。

響。……模仿「紅樓夢」的地方也有，模仿「水滸」的也有。[49]

金庸怎樣開始他的創作呢？他說：

依我自己的經驗，第一部小說我是先寫故事的。我在自己家鄉從小就聽到乾隆皇帝下江南的故事，關於他其實是漢人，是浙江海寧陳家的子孩之類。……根據從小聽到的傳說來做一個骨幹。……後來寫《天龍八部》又不同，那是先構思了幾個主要的人物，再把故事配上去。[50]

金庸創作武俠小說，一開始便注意到作品的娛樂性。他說看法和倪匡一樣，作品最重要是好看[51]。在訪問中說：

武俠小說的趣味性是很重要的，否則讀者不看，它的目的也達不到了。……就是其他純文學作品，像狄更斯的作品，有些在報上連載的也是很著重趣味性的，也要注重讀者的反應，娛樂性和吸引力是必要的。[52]

作品要有娛樂性，而金庸本人的創作動力，原來也和娛樂性有關。他說：

我開始寫武俠小說的時候，娛樂自己的成分很大。[53]

＊＊＊

我寫武俠小說完全是娛樂，……。[54]

＊＊＊

我也只是在明報一份報紙上寫稿。……每日在自己的報紙上面寫一段，是有這個必要，非寫不可。……我現在寫是為了娛樂。但是十部寫下來，娛樂性也很差了。……現

49 陸離〈金庸訪問記〉，載沈登恩《諸子百家看金庸．第三輯》；台北：遠景出版事業公司，一九八五年，頁四七。
50 陸離〈金庸訪問記〉，載沈登恩《諸子百家看金庸．第三輯》；台北：遠景出版事業公司，一九八五年，頁三四。
51 杜南發〈長風萬里撼江湖〉，載沈登恩《諸子百家看金庸．第四輯》；台北：遠景出版事業公司，一九八五年，頁十六。
52 黃里仁〈掩映多姿，跌宕風流的金庸世界：一、雲起軒中英雄會〉，載沈登恩《諸子百家看金庸．第三輯》；台北：遠景出版事業公司，一九八五年，頁一二三。
53 劉曉梅〈文人論武〉，載沈登恩《諸子百家看金庸．第三輯》；台北：遠景出版事業公司，一九八五年，頁一五一。
54 盧玉瑩〈訪問金庸〉，載沈登恩《諸子百家看金庸．第三輯》；台北：遠景出版事業公司，一九八五年，頁三一。

在娛樂自己的成分，越來越少了，主要都是娛樂讀者。[55]

雖然金庸的創作動力由娛樂自己開始，但他的寫作十分嚴謹，一點也不含糊。李文庸〈武俠小說大宗師金庸印象〉說：

> 他每晚十一時許回報館，閱遍電訊及港聞，然後執筆寫社評。他寫作速度奇慢，有時兩、三個鐘頭才寫一千字，小說稿如此，社評亦如此，……。[56]

金庸對自己寫作情況，在《飛狐外傳》後記有這樣的披露：

> 在報上連載的小說，每段的一千字至一千四百字。《飛狐外傳》則每八千字成一個段落，所以寫作方式略有不同。我每十天寫一段，一個通宵寫完，一般是半夜十二點鐘開始，到第二天早晨七八點鐘工作結束。

＊＊＊

小說連載時，我每天寫一千字左右，一邊寫一邊想。韋小寶的各種花招，不是十秒八秒就想出來的，有時想了好幾天，還想不到一種花樣呢！[57]

金庸在報館工作每日只能寫一段小說，大約構思一小時，寫一小時，日寫一千字左右[58]。在嚴謹的寫作態度下創作，金庸對自己的要求也同樣嚴格。金庸謙稱很難說那一部作品自己最滿意，不過，他有一個原則，就是不重複自己寫過的故事和人物[59]。同時他也說「自己寫的時候，最好避免寫一些別人已經寫過的」。[60]金庸的「不重複」和「避免寫別人已經寫過的」觀念，便是嚴厲地強迫自己去創作。

金庸不濫寫和強迫自己創作，也是他將作品推向更高層次的動力。

55　陸離〈金庸訪問記〉，載沈登恩《諸子百家看金庸．第三輯》；台北：遠景出版事業公司，一九八五年，頁四七。
56　李文庸〈武俠小說大師金庸印像〉，載沈登恩《諸子百家看金庸．第三輯》；台北：遠景出版事業公司，一九八五年，頁七一。
57　黃里仁〈掩映多姿，跌宕風流的金庸世界：一、雲起軒中英雄會〉，載沈登恩《諸子百家看金庸．第三輯》；台北：遠景出版事業公司，一九八五年，頁一一二。
58　盧玉瑩〈訪問金庸〉，載沈登恩《諸子百家看金庸．第三輯》；台北：遠景出版事業公司，一九八五年，頁二八。
59　黃里仁〈掩映多姿，跌宕風流的金庸世界：一、雲起軒中英雄會〉，載沈登恩《諸子百家看金庸．第三輯》；台北：遠景出版事業公司，一九八五年，頁一一三。
60　陸離〈金庸訪問記〉，載沈登恩《諸子百家看金庸．第三輯》；台北：遠景出版事業公司，一九八五年，頁三九。

金庸對文字的運用是挺重視的，他追求古文的簡潔高潔[61]，重視珍惜自己的作品，一改再改。他的創作態度嚴謹，即使在大受歡迎之後也不濫寫多寫，和當時成名作家的作風大有分別。金庸抱著一種追求完美，創造藝術品的心情去寫作，雖然從開始便以娛人自娛視之，但他的認真和嚴謹的態度是令人敬佩的，更值得後人學習。

61 劉曉梅〈文人論武〉，載沈登恩《諸子百家看金庸．第三輯》；台北：遠景出版事業公司，一九八五年，頁一五五。

第五章　小說人物創作

寫小說要講技巧，創作人物、要講設計。

寫作技巧重要

小說是說故事，而「故事」只是小說的原料，有了好故事，並非一定有好小說。好小說，好比一道上佳的菜餚，有了新鮮的蔬菜肉類做原料，還要看廚師的手藝。做菜的原料差不多大同小異，但菜餚是否美味卻要看廚師的本領，小說中寫作的技巧，便如廚師的本領。以往許多人只注重作品的內容和形式，或是以內容的「意識」和「涵義」來評論作品的優劣，使到一些具道德意識的作品漸漸趨於平凡低劣，就是由於忽略小說的技巧所致。

一八八四年亨利詹姆士發表了《小說的藝術》論文[1]，把小說看成獨立的藝術。一九二一年，評論家魯博刻 Percy Lubbock 繼承詹姆士的路線，寫成《小說的技巧》（*The Craft of Fiction*），成為小說創作理論的經典作品。論者便愈來愈重視小說的技巧。

小說中的情節，是小說的素材。小說的素材很多，但在歸納之下，也可以說不多，不外乎寫人世間的悲歡離合，盛衰興替。要寫人性的感情嗎？也不外乎是英雄膽肝，兒女心腸。白先勇在一次訪問中[2]說：

感情人人都有，人的感情也是相通的，就看你如何表現。題材嘛，從古到今，實在有限，生老病死，戰爭愛情，八個字，講人事嘛，太陽底下無新事，沒有很多與以前不同的事。

與白先勇對話的胡菊人說[3]：

沒有一種文學不需要技巧，只有輕重之分而無有無之別。小說卻是技巧所佔比重最複雜、最困難的。

所謂技巧，就是怎樣把小說的內容寫出來，寫得動人，令人有深刻的感受。白先勇認為巴金的《家》和曹雪芹《紅樓夢》都是寫中國大家庭制度，讀者看《紅樓夢》，了解大家庭的

---

1 胡菊人《小說技巧》；台北：遠景出版事業公司，一九七八年，頁三。
2 劉逍〈與白先勇論小說藝術〉，載胡菊人《小說技巧》；台北：遠景出版事業公司，一九七八年，頁一八五。
3 胡菊人《小說技巧》；台北：遠景出版事業公司，一九七八年，頁九。

感覺遠比《家》強烈得多，真實得多。就是巴金的《家》表現技巧不夠好[4]（意即不夠《紅樓夢》好）。

精彩優秀的小說，除了有內涵、有啟迪性外，還必須有出色的寫作技巧和出色的文筆。文筆是運用文字的功力，而寫作技巧，卻是寫作元素（情節）的設計和運用。優秀的作家，從來不會輕視寫作技巧。

金庸小說令人愛讀、有娛樂性、有啟迪性、可讀性極高，由許多原因造成。但其中最主要的原因，是金庸小說的寫作技巧高超，駕馭文字能力好所致。沒有這兩大成功支柱，金庸小說絕不會有今日的成就。金庸的寫作技巧，極值得我們重視。

寫作中情節橋段的運用結構是技巧，人物的性格則是創作，金庸自己說寫小說最著重人物，和寫人物的感情和感受。金庸小說其一至成功之處，是人物創作出色。人物有血有肉，膾炙人口，虛構的數百年前人物，竟然像和我們一起呼吸一樣。對於他創造人物突出之處，不由我們不作探究。

立體人物寫法的突破

在金庸最初面世的小說中，人物雖然寫得好，但仍不怎樣的突出，只是小說中人而已。第一部《書劍恩仇錄》中，男女主角陳家洛、霍青桐和香香公主，比後期書中主人翁受歡迎程度相差得遠。其中反派的張召重，讀者印象也不怎樣深。「書劍」中武功最高是誰？恐怕有些讀者還說不出來。這部小說寫得最好的人物反而是二線角色的乾隆皇帝，文泰來和金笛秀才余魚同。第二部著作《碧血劍》，袁承志給人的印象深一點，但性格平板，無甚可讀可議，女角青青予人印象更淺，其實她已是雛形的黃蓉，可惜筆墨不深。反而後來出場的何鐵手，阿九和從未出場的金蛇郎君予人印象至深。

金庸致力小說的人物創作，是在第三部小說「射鵰」面世才突顯出來。此後便刻意在人物方面下功夫。與金庸同時代的武俠作家，雙峰並峙的是梁羽生和金庸，鼎足而三的是梁羽生、金庸和古龍。古龍的武俠小說對讀者亦極有魅力。但古梁兩人受歡迎的程度總有一段距離。

4　白先勇認為巴金表現技巧不好，因有個先入為主的觀念，要攻擊大家庭制度，要宣布大家庭制度的死刑。他這樣先入為主便喪失了許多客觀看法。載胡菊人《小說技巧》；台北：遠景出版事業公司，一九七八年，頁一七二。

比較三人的作品風格，不難發現金庸小說主要寫人物，再由人物帶出各種情節，而古龍和梁羽生的小說是以情節為主，人物大都為情節服務。即是說情節需要有什麼人物，便有什麼人物出現。古龍小說在這方面的作風尤其明顯。情節有刺客，便有刺客出現；情節要刺客失蹤，刺客出現不久便會被人殺死。情節和人物在小說中輕重的取捨，手法孰高孰低，今日看來更為清楚。金庸重視人物，創作人物成功，是金庸小說獲取輝煌成就的重要原因。

金庸筆下人物性格的深度是有轉變的，胡小偉說[5]：

> 金庸小說描繪的人物，從正邪分明（如《碧血劍》之袁承志、《射鵰英雄傳》之主角郭靖），到「亦正亦邪」（如《神鵰俠侶》之楊過），再到「無正無邪」（如《笑傲江湖》之令狐沖）和「無所謂正邪」（如《鹿鼎記》之韋小寶），表明著作者極深的感喟，而江湖上所謂「黑白兩道」之界限也逐漸於模糊。

金庸創造人物成功，可從幾方面來探討。除一般創作技巧外，尚有幾種與別不同的創作風格特色，分述於下：

一　立體人物

在金庸近三千萬言的十五部小說中，出現的人物可真不少。其筆下創作的人物最大的特點是人物性格複雜，變化多姿。寫人物從正中有邪、到邪中有正、亦正亦邪、不正不邪，固然作者的創作手法，但亦是作者觀念的轉變，亦反映出金庸對人性的看法，和金庸創造人物的進步——人性再不是平面的，是立體的、而且是多變的。

金庸創造立體的人物，是金庸在創作上最重要和最大的特色。也是比當日同時代的作家最優勝之處，是近世紀中國人寫小說的輝煌成就。

以前小說描述人物，筆墨縱然有濃有疏，也會同一人出現多重性格。但刻劃入微、漫筆細述、多姿多彩總要讓金庸一步。金庸寫武俠小說，直追唐代豪俠小說神髓，但唐代豪俠的刻劃也沒有金庸筆下人物的複雜，性格活脫和神采多姿。先看白先勇分析曹雪芹對鳳姐的寫法[6]：

> 我看曹雪芹之所以偉大，他看人不是單面的，不是一度空間的……人不可能完全壞

5　胡小偉〈顯性與隱性：金庸筆下的兩重社會〉，載王秋桂《金庸小說國際學術研討會論文集》；台北：遠流出版事業股份有限公司，一九九九年，頁五五三至五七二。

6　劉道〈與白先勇論小說藝術〉，載胡菊人《小說技巧》；台北：遠景出版事業公司，一九七八年，頁一七八。

的，而且鳳姐，講起來，整個來說也不算是完全百分之百喪失道德能力的人，你看她隔地對女兒那種母愛，我覺得是很動人的一幕，是賢妻良母的話。……到死的時候如此淒涼，尤見曹雪芹悲天憫人之心。

許多人寫小說，是平面的。好人什麼都好，壞人什麼都壞。金庸在這方面作出極大的突破。曹雪芹寫《紅樓夢》寫得精彩，相信對金庸也有一定的影響提示。原來人物是立體的，有很多個面。在不同的情況下，表現出不同的性格。尤其是寫人物邪中有正、正中有邪，在武俠小說中實在罕見，而且還發揮得那末淋漓盡致。教人感動，教人感慨。對於金庸的人物創作，佟碩之在〈金庸梁羽生合論〉[7]中說：

朋友們讀金庸的小說，都有同一的感覺，「金庸寫反面人物勝於正面人物，寫壞人精彩過寫好人」。……把壞人刻劃得入木三分，那也是藝術上的一種成功。問題在於如何寫法，揭發壞人應該是為了發揚正氣，而切忌搞到正邪不分。人性雖然複雜，正邪的界限總還是有的，搞到正邪不分，那就有失武俠小說的宗旨了。

這裏佟文有三個觀點。一、認為金庸寫壞人勝於寫好人。二、壞人可以寫到入木三分。三、正邪要有界限，不能正邪不分。

的確，金庸創作人物之成功，其一是把壞人寫得入木三分，一般小說，往往只寫正派人物用心，反派人物多輕輕帶過，或不屑多費筆墨。但金庸對反派人物也不忽略，正是他用心之處。其次不能「正邪不分」的論調在今天看來卻大不恰當。小說反映社會，社會上正邪互滲的人比樣板式的正派或邪派更多。這是作家對社會認知的反映，金庸創作人物正邪互滲，立體的描述，是他高明之處，也是他比同時期作家優勝許多的重要原因。

佟文出自另一武俠小說名家梁羽生手筆，寫於六十年代中期，可見當時金庸的眼界確高一線。

金庸小說中不少横強人物，但最令人感到煞星下凡的卻是「射鵰」的梅超風和「神鵰」的李莫愁。兩人武功既高，行事狠辣，絕不容情。但金庸竟然寫得她們十分令人同情。在「天龍」中的反派要角慕容公子慕容復也寫得很立體，他的本領不高，所作所為令人厭惡。但從

7〈金庸與梁羽生合論〉署名佟碩之撰作。原刊於一九六六年一月《海光文藝》。載於《梁羽生及其武俠小說》；香港：偉青書店（無日期）。多年後梁羽生親口證實為其化名作品。當日撰文原因實為應某編者要求，欲推廣新派武俠小說而寫，筆名「佟碩之」之義乃「共同探索之」。當日《天龍八部》尚在連載中。

另一角度來看，他一生中從無追求自己的歡娛樂趣，而全心全意履行家族強加於肩上的背負。他萬分努力，結果事事失敗，卻又不禁教人同情起來。「倚天」中崑崙派掌門何太沖，武功高強，望之儼然。可是既懼內、又卑鄙，被金庸寫得入木三分。同書中的滅絕師太，寫得叫人感到既可恨又可敬。

金庸小說中的立體人物比比皆是，這些立體人物，一些是從一開始便有立體性格的，如梅超風，李莫愁和慕容復。有一些卻是漸漸浮現出來的，最著名莫如「笑傲」中華山掌門岳不群。其實岳不群也可以說本具正邪性格的元素，時機未至未顯露出來而已。但「射鵰」的鐵掌水上飄裘千仞和「天龍」的鳩摩智，卻是後來由外來的因緣而改變性格，由邪入正的。相反，也有人由正入邪，例如「天龍」的游坦之和「笑傲」的林平之，便是由正入邪，也是由因緣際會而改變性格。其他小人物由於特別情況而暴露本身隱藏性格中的優點與劣點，也屢見不鮮，金庸寫得同樣出色。

「倚天」中的滅絕師太[8]亦是金庸筆下性格極特殊的人物。她的性格極立體，但複雜的元素不是正邪人格的混合，而是人性上優點與劣根的混合。既可尊可敬，也可惱可恨。寫正派人物而被讀者所恨，的確少見。金庸以生花文筆把許多人物細意刻劃，人物活脫脫地像可以從書中跳出來。這樣的立體人物若在其他類型的小說出現，相信也會帶來出色的效果。

金庸把人物立體化的寫法，應對後來撰寫小說者帶來莫大的啟示。

二　幕後人物

金庸創造人物，最神來之筆是幕後的主角。這種寫作技巧，除了跳出一般小說人物創作慣例之外，還增加小說的可讀性。既有懸疑，亦有趣味，到後來水落石出，使人釋然讚歎。

從《碧血劍》開始，便極重視幕後人物的設計。此書中金蛇郎君夏雪宜便是全書的靈魂。在全書中金蛇郎君一出場便只見骸骨，已作古人。他從未正式出過場，他只活在眾人的口中，而全書的情節都受他的影響。創造一個這樣的幕後人物，已清楚見到比前作進步，有這樣的寫作技巧，全書的可觀性便強得多。

《雪山飛狐》也有一個從沒露面的幕後人物，便是田歸農，也是一出場便命喪，卻影響著全書發展的脈絡。沒有這個幕後人物，也就書不成書。

田歸農後來在《飛狐外傳》出現，卻是另一回事了。《飛狐外傳》也有幕後人物，便是闖

8　楊興安《金庸筆下世界》第二章；香港：三聯書店（香港）有限公司，二〇二四年出版。說「滅絕師太顳頊高傲，但技藝超群，小器狠冷，但又正義凜然」。

王四大衛士胡、范、苗、田四人，和此四人的後代。這些人物只是略有提及，卻是全書發展的脈絡。

《倚天屠龍記》的幕後人物是陽頂天夫婦和成崑。陽頂天夫婦在小說開場已死，成崑卻神龍見首不見尾。至於《俠客行》的龍島主和木島主、《天龍八部》的蕭遠山和慕容博都是重要的幕後人物。所不同者，只不過到最後終於出場，但卻仍然是一閃即沒，貫徹了創造幕後人物之旨。

幕後人物主宰著台前各人和各種事態的種種因緣、成敗得失，令人深感宿命論的命運安排，可以窺見博學作者的其一人生觀。

金庸小說是武俠小說，金庸也愛把武功最高的人，以幕後人物的手法處理。「射鵰」中誰的武功最高呢？「東邪西毒南帝北丐中神通」，武功最高的是中神通王重陽，是未出場便已然逝世的幕後人物。其實該書武功最高的，是「九陰真經」的作者黃裳，他當然也是個不露面的幕後人物。

《倚天屠龍記》中高手芸芸，數到武功之高，乃是少林寺外坐在枯松洞內、看守著地下牢中謝遜、舉手投足間便殺死何太沖夫婦的渡厄、渡劫、渡難三位老僧。此三者亦是從不露面的高手，出場一瞬便隱沒。「天龍」少林寺的高人掃地僧和傳功給虛竹的逍遙子也只露一面。「神鵰」的獨孤大俠連樣子怎樣也不知道。《笑傲江湖》武功最高的是華山劍宗傳人風清揚。風清揚雖然現身授劍，但行蹤隱沒，仍是幕後人物身分。

許多小說都有幕後人物的描寫，但都不及金庸愛把最重要的人物放在幕後處理，也沒有金庸寫得那麼刻意而光芒四射。愛寫幕後人物該是金庸創作其一大特色。

三　夾縫人物

金庸主要小說的主人翁，或輕或重的都活在夾縫中。這種寫法好像無意為之，但在作品中卻再三出現，便不得不列入為金庸刻意之作。

韋小寶活在天地會與康熙之間、令狐沖在華山派與魔教向問天、任我行之間。蕭峰在遼漢之間。張無忌先在六大門派與魔教之間，後在朝廷與江湖俠客之間。楊過在郭靖與金輪法王一眾武士之間，郭靖在鐵木真與大宋子民之間，袁承志在闖王與義士之間，陳家洛在乾隆與回人之間。金庸把小說主人翁面對兩個陣營的壓力，愈寫愈重，要他們作出抉擇。金庸第一部小說「書劍」寫陳家洛已愛用這種設計，後來的作品也好像貫徹宗旨。有夾縫人物，便有難題出現，有難題出現，便挑起情節的衝突和進展。愛製造夾縫人物，是他創造人物中一個特色。最後壓力最大的韋小寶卻被他寫得左右逢源、神話地遇難呈祥、逢凶化吉，卻令讀者入信，愈看趣味愈濃。可見他寫作功力的揮灑自如，得之應手。也可見他心之所寄，反映他在世途中常見到的徬徨與抉擇。

四　套裝人物

武俠小說原不乏套裝人物。金庸小說中便有許多套裝人物[9]。金庸設計套裝人物別具深思。他筆下創造的套裝人物，每每使小說的描述更生動、更能提高讀者的閱讀趣味。

金庸的小說中套裝人物，最為讀者樂道的該是「射鵰」中的「東邪[10]西毒南帝北丐[11]」。(尚有「中神通」，但論者因其出場不多而較少提及)四人各駐一方而武功各擅勝場，又互相制衡，展現的故事情節因而也姿采紛呈。其中最巧妙的是東西為邪派人物，南北屬正派人物。東邪飄逸不可捉摸、西毒強橫霸氣凌人，南是人間至尊榮帝王、北是人間至卑賤乞丐。豈知作者巧意匠心，將至享榮華富貴者由帝王而變成不戀紅塵、心無一物的高僧。而將至卑至微者變成權威至重，能號令天下第一大幫會的領袖，不得不佩服金庸設計人物的精妙。另一精妙處卻是此套裝人物亦有旁枝分出，卻又合情合理。先有無暇比拚而功力相若的鐵掌水上飄裘千仞，再有與至高武功匹敵之古墓派始創人林朝英。設計構思之妙，實歎為觀止。

「射鵰」中除了四大絕頂高手外，南帝屬下的漁樵耕讀的設計也令人讚賞。異曲同工的還有《連城訣》中落花流水，「陸」天抒、「花」鐵幹、「劉」乘風、「水」岱四人。明教的套裝人物有左右護法的逍遙二仙楊逍和范遙等。四大法王紫白金青更寫得神采出眾。「天龍」之中，北喬峰、南慕容是一對出色的人物，最初以為兩人旗鼓相當，卻原來一是英雄一是膿包。這又不禁讚歎作者設計之妙。其餘「四大惡人」、「梅莊四友」、「桃谷六仙」等等許多套裝人物，在金庸筆下屢見不鮮。套裝人物在小說中寓意不大，作用只是帶動小說的活力張力，增加小說的閱讀趣味，令人對小說更喜愛。

五　標異人物

在金庸創作人物之中，最為人喜愛的是老頑童周伯通，只要有他出場，場面立即生色不

9　楊興安《金庸小說十談》第一章有詳論；香港：三聯書店（香港）有限公司，二〇二四年。

10　葉洪生〈論金庸小說美學及其武俠人物原型〉中指金庸創作之若干人物脫胎自其他武俠小說，此文載於《金庸小說與二十世紀中國文學》；香港：明河社出版有限公司，二〇〇〇年。金庸在該書頁二七〈小說創作的幾點思考〉中說「從古人書中取材，文學創作向來如此」。指出「黃藥師的原型，那種玩世不恭的高人隱士，中國任何朝代都有」。並列伯夷、叔齊，……阮籍、稽康等人物為例。

11　楊興安《金庸小說十談》；香港：三聯書店（香港）有限公司，二〇二四年。第一章指出洪七公取材自濟公活佛。葉洪生在〈論金庸小說美學及其武俠人物原型〉中亦認為濟公是「理當也是金庸取法對象之一」。金庸在〈小說創作的幾點思考〉中說周伯通的原型有東方朔、濟公活佛。

少，誰也不會討厭他。另一類老人是「天龍」星宿派的丁春秋和「鹿鼎」神龍教的洪教主的設計。兩個人都是同一個模子澆出來。他們的本領大，地位尊崇，可是最愛聽人家對他肉麻的阿諛奉承。金庸寫得這樣深刻和活靈活現，當然是從作者的生活體驗和感受而來，表現出人性可笑可哀之處，痛快淋漓。

金庸筆下的美女王語嫣，寫得也很突出。不是她的貌美多情，而是性格迷矇、單調，而且缺乏人性的內涵。但金庸創造了她，還把她放在書中極重要的位置。王語嫣特別之處是沒有「人氣」。原來她是一本辭典！是一本精通世間武術學問的大辭書。什麼武功的來龍去脈、優劣之處，只要她看上一眼便知道。其他什麼都不懂，不是辭典是什麼？金庸竟然把一本辭典拿來當人物地寫活了，贏得段譽的神魂顛倒，贏得不少青少年讀者的魂牽夢縈，這便不得不對金庸創作人物的功力五體投地了。

金庸筆下突出可誌的人物還有「天龍」的包不同。此君脾氣剛硬，愛標異特別，喜與人有不同見解，事事愛辯駁，又本領不少，既製造麻煩，也製造可笑可喜場面。金庸把他作喜劇人物處理。可是到後來死於非命，才知道他是個悲劇人物。金庸對人物設計之精妙，可見一斑。

與包不同性格相反，出場不多而予人印象至深的，是「倚天」中明教光明頂上五散人中的冷謙。光看名字，便知道又冷又謙，此君不愛多言。本領也不少，辦事落力，只是惜言如金。

他是理想的辦事人選，和他做朋友便乏味之至。

除上列性格突出與別不同的人物外，金庸也創造一些本領不同的人物。

金庸小說內容充滿中國傳統文化元素，除了武術外，還有琴棋書畫，醫師、酒徒、伶人、棋士、巧匠等描述。由於是武俠世界，用毒藥也成了一門專門學問。在各類文化範疇中，金庸都創作了箇中造詣高深的頂尖之士。小說中以棋藝、書法著墨較多，寫得最好的卻是用毒高手。《飛狐外傳》的毒手藥王的描述凌駕在諸子之上。而「笑傲」中論喝酒用杯之道的祖千秋寫得酒林獨步，予人極深印象。這些人物除了毒王程靈素是主線人物外，其他是因應情節需要而出現，此類標異人物，趣味性多於人性的刻劃，一般反而不及前四類人物出色。

人物借鑒青出於藍

金庸創造人物，可以憑空創造，但也難免受到其他中外作品影響而創作。大抵或將既有人物改造，或將之性格深化改寫，在小說上出現後都有極佳效果。葉洪生曾著文論述金著一些人物的「原型」[12]。

葉文指黃藥師原型是白羽《金錢鏢》的「山陽醫隱」彈指翁華雨蒼，洪七公「換骨」於《蜀山劍俠傳》之怪叫化「窮神」凌渾，亦有借取「濟公」之形象[13]。岳不群則借鑒於臥龍生《玉釵盟》之「神州一君」易天行（逆天而行）。《連城訣》之血刀老祖取材於還珠樓主《蜀山劍俠傳》回疆紅髮老祖，星宿老怪排場仿如《蜀山》旁門老怪兀南公出場。（楊按：星宿老怪丁春秋造型似極「蜀山」之綠袍老祖。）周伯通借鑒還珠樓主《雲海爭奇記》中「老少年」馬玄子及《蜀山》中「極樂童子」。王語嫣是《玉釵盟》蕭姹姹的翻版[14]。葉洪生旁徵博引析述金庸創作人物之借鑒，恐非信口開河。但若認為金庸創作事有所本，創作的成就便大減，這種想法則極有商榷可議之處[15]。

最著名莫如外國浮士德出賣靈魂給魔鬼的故事，流傳了幾百年，到德國作家歌德手裏才成名著[16]。創作也要有社會生活作基礎，人類社會早就存在。有創作經驗的作家都知道創作可以借鑒前人，也可以物有所本。重要的是可以青出於藍，而非光只作模仿。有寫作經驗的人都知道創作的成就不是「誰說得早」而是「誰說得好」。其實金庸借鑒前人，後人也可以向之借鑒。誰借鑒誰，絕無礙創作之旨。

金庸創造人物創造得好，人物的名字取得好不好呢？可以說大部分都取得不錯。研究金著學者林保淳卻有不同的看法，在〈金庸小說版本學〉[17]註釋三十三中說：

平心而論，金庸小說中的角色姓名，一般都很平凡，較之古龍、溫瑞安取名之飄逸瀟灑（如楚留香、李尋歡、蕭秋水、方振眉），略嫌板實，……。

林保淳認為古龍等作家替筆下人物命名，如楚留香、李尋歡、花滿樓等名字飄逸瀟灑，也

12 葉洪生〈論金庸小說美學及其武俠人物原型〉，載《金庸小說與二十世紀中國文學》；香港：明河社出版有限公司，二〇〇〇年，頁二八七至三一〇。

13 葉洪生〈論金庸小說美學及其武俠人物原型〉，載《金庸小說與二十世紀中國文學》；香港：明河社出版有限公司，二〇〇〇年，頁二八七至三一〇。

14 葉洪生〈論金庸小說美學及其武俠人物原型〉，載《金庸小說與二十世紀中國文學》；香港：明河社出版有限公司，二〇〇〇年，頁二八七至三一〇。

15 葉洪生對近代武俠小說涉獵甚多，研究認真。但葉君並非一個小說作家（至今多見其發表評論文章，未見發表創作之小說），或者並非是個出色的小說家，因而不知道作家創作需要借鑒，之後的表現才是創作力的表現。要有成就更要青出於藍。試問有一萬人讀過此等人物之「原型」，有多少人能寫出與金庸一樣有個性，有深度的人物？金庸借鑒而青出於藍則不由不令人佩服，正好反映出金庸創作力之不凡。對「原型」之議，林保淳在〈金庸小說版本學〉註三六中說得極為中肯，指出「蓄於模仿，當不至於，而所受影響，自當不少」。

16 劉述先《文學欣賞的靈魂》；台北：東大圖書公司，一九七七年，頁七九。

17 林保淳〈金庸小說版本學〉，載王秋桂《金庸小說國際學術研究會論文集》；台北：遠流出版事業股份有限公司，一九九九年。

許非無道理。但人名像形容詞和童話化，真實感不夠強，一看便知道是虛構的人物。這與金庸要把虛構的故事說成真有其事的作風大異其趣，故所不為。其實金庸替筆下人物命名，也自有一套，林佐瀚在《金庸小說十談》序言[18]這樣說：

> 我幸醉中還有三分醒，說出溫氏五老的名字是溫方達、溫方義、溫方山、溫方施、溫方悟。在我回答的時候，金庸只是微笑不語，倪匡跟著解釋何以溫氏五老取此名字，原來他和金庸先生都是寧波人，而達、義、山、施、悟在寧波話便是「大」、「二」、「三」、「四」、「五」的諧音。……在金華遭金蛇郎君所殺的還有溫方祿。「祿」是諧「六」音。

不經林佐瀚一說，也不知道金庸改名有這樣的妙趣。《雪山飛狐》中闖王四大衛士姓胡、姓范、姓笛、姓田。因為飛「狐」，所以主角便姓胡。而其餘三人何以是范、苗、田呢？想來是金庸創作之時剛吃完飯吧？因而想到范、苗、田。或者，飯、苗、田全是與飯桶有關，暗指此三家人乃「飯桶」之輩亦說不定。

洪七公是濟公、七公便是濟公的諧音，洪者，大也，洪七公便是大濟公，名字信手拈來。老頑童又何以叫周伯通？伯者，伯仲叔季之首，亦有「大」之意，伯通就是路路暢通，周伯通，更是四周可通，了無阻滯，正合老頑童之德性能耐，配合妙到巔毫（好像傳聞真有周伯通名字之人）。王語嫣也改得極好，此女朦朦朧朧，武學知識極豐而弱不禁風。何以如此？作者「語焉」不詳，人如其名，無交代中交代了。

莫大先生最初以為叫人勿自高自大，原來是哀莫大於心死。包不同的性格又果然人如其名，與眾不同，忠心耿耿卻被主人突然一掌打死，死了也永不知道原因。阿朱阿紫兩姊妹同時愛上蕭峰，設計上果然朱紫相奪。

「倚天」殷野王武林高手家丁竟叫無福、無祿、無壽，既表現在殷家身分地位，也表現出其人深藏韜晦。趙明手下高人阿大、阿二、阿三名字氣派與殷野王家丁有異曲同工之妙。另一幫手下神箭八雄叫趙不傷、錢不敗、孫不毀、李不摧、周不輸、吳不破、鄭不滅、王不衰也改得標異恰當。

「笑傲」中有個「不戒和尚」，收了個徒弟叫「不可不戒」（田伯光），後來更引出「當然不可不戒」和「理所當然不可不戒」的法名，極為惹笑。天龍「四大惡人」的渾號也是一絕：

18　楊興安《金庸小說十談》，港台版本均載有林佐瀚之序言。一九八九年香港明窗出版社出版，後於二〇二四年三聯書店（香港）有限公司出版。二〇〇一年初北京知識出版社在內地出版。台灣遠景出版事業公司出版時書名為《續談金庸筆下世界》。

老大「惡貫滿盈」段延慶——惡字在頂，
老二「無惡不作」葉二娘——惡字居次，
老三「兇神惡煞」南海鱷神——惡字排第三，
老四「窮兇極惡」雲中鶴——惡字最末。

金庸運用四句成語，把「惡」字的次序排得恰如其分，別饒趣味，卻可見作者金庸命名的用心和運用文字的功力。光以替人物命名的功夫而論，再與上文「原型」人物名字並列比較，即見誰是高手：

「彈指翁」華雨蒼——「東邪」黃藥師
「窮神」凌輝——「北丐」洪七公
「神州一君」易天行——「君子劍」岳不群
「老少年」馬玄子——「老頑童」周伯通
蕭姹姹——王語嫣

金庸小說中不乏改得好的名字，也當然有改得平凡的。其中「笑傲」中的田伯光這樣一個重要角色，名字竟然毫無光采性格，改得最差，誠屬敗筆。至於遵從國人傳統以字輩命名的名字也不少，卻是一般而已、未有上述說及的名字靈動有趣。替人物命名當然不是寫作上成敗的關鍵，但卻可以增添作品的姿采。

第六章　小說武功之設計

武俠小說當然有武打的描述，而武打寫得是否出色，直接影響小說的表現。因此，對武功的設計描繪，便不能忽略，越精彩便越吸引讀者。

武功寫法的進步

近代武俠小說對打鬥之設計及描述，各有不同。今引數段小說武打描述，作討論張本。

譚三攻勢殊譎——乘飛鴻迎架之頃，以棍沿其棍椽削落，謀先創飛鴻手指，此類槍指棍法，飛鴻已爛熟於胸，其棍甫動，逆知其欲已此制勝矣。乃將棍向後一引，先使來勢無所乘，轉化偷桃手法，覆手運棍，直取其喉，反攻以鎖喉槍一法，棍鋒直指喉間。譚三一驚非小，急退馬舉棍遮攔，先護要害，從而反攻以朝天一柱香架式，運棍從空擊落，勢同泰山壓頂，利害。[1]

****

曹化龍把眼一張，立即踏「中宮」，走「洪門」，欺敵直追，往前走三步，往後退半步，這正是少林的宗法，卻倏然一縱身，已到露蟬面前，一出手，就是少林派「十八羅漢手」，「金豹露爪」；一掌打來，招快力猛，果然名不虛傳。楊露蟬容敵發招，把太極起式「無極含一」一變，轉為「攬雀尾」；右掌一撥敵手腕，右掌突然換出來，用「七星手」還招迎敵，兩個人一來一往鬥起來。[2]

＊＊＊＊＊＊＊＊

番僧瞥見申屠宏突然現身，天璇神砂，金星雹般潮湧而來：方覺此寶厲害，天殘，地缺一現，不禁大驚。心仍未死，剛自咬牙切齒，待作最後一拚；未容打好主意，佛光已將神魔罩住。益發手忙腳亂，忙即行法收回，已自無及。青色光幕忽然撤去，下面祥光突湧，佛光往下一合，只閃一閃，神魔全數煙消，心靈立受劇震；知已受傷不輕，總算神魔已為佛光所滅，不曾倒戈反噬。番僧功力甚深，一有警兆，立將心神鎮住，不曾反應昏迷。[3]

這裏三段打鬥的描寫，都是「新派」武俠小說出現之前的作品。第一段引自廣派武俠小

1 引自廣派武俠小說朱愚庸齋著之《嶺南奇俠傳．黃飛鴻軼事》。
2 引自白羽著之《偷拳》第二二章。
3 引自還珠樓主著《蜀山劍俠傳》第二六〇回；香港：藝文圖書公司。

說朱愚齋之《嶺有奇俠傳》，描述黃飛鴻打鬥片段。第二段引自白羽著之《偷拳》、寫楊露蟬比武。第三段引自還珠樓主之《蜀山劍俠傳》，說申屠宏番僧對敵。上面三部武俠小說都是名著，但對武打、武功的描述卻不見得出色。前兩段對打鬥的描寫粗疏，最為人詬病之處是愛用術語，如「偷桃手法」、「踏中宮，走洪門」、「金豹露爪」等，讀者既難以想像其架式，亦不知其情況。實在難有吸引力。第三段《蜀山劍俠傳》則偏近神怪，字用虛文，將打鬥變成放法術。在當日而言，或可吸引一批讀者，現在讀來卻殊不可取。近年新派武俠小說崛起，台港作家對武功寫法已有不同：

> 方重生人刀卻飛射上半天！一柄大銅錘即時從他腳下掃過，他身形一折，刀自上而下插落，正插在那個用大銅錘的大漢腰脊之上！他的左掌亦擊了下去！「叭」一聲，那一掌正擊在那個大漢的背脊之上，他人刀借力又飛上了半天！刀曳著一道血紅，從那個大漢的腰脊拔出來，半空中「嗚」的突然脫手，飛斬向另外兩個大漢！這實在出人意料之極！破空聲響中，刀從一個大漢的左頸切入，斬飛了那個大漢的頭顱，去勢未絕，斬入第二個大漢的面門！慘叫聲此起彼落！方重生身形凌空疾翻，落下，撲向另一個手持纓槍的大漢！那個大漢也算得眼快手急，喝叱聲中，纓槍遊龍般急刺！一刺三槍！方重生左閃一槍，右

閃一槍，右掌一托，瀉開了第三槍，身形如箭般搶入，右拳痛擊在那個大漢的咽喉上！4

＊＊＊＊＊＊＊

天楓十四郎掌中刀雖未動，刀鞘卻直刺而出。楚留香全身都貫注在他的刀上，竟未想到他會以刀鞘先擊，一驚之下，身形不覺向後閃避。

也就在這時，天楓十四郎暴喝一聲，掌中長劍已急斬而下。他算準了楚留香的退路，算準了楚留香實已退無可退，避無可避，這一刀實是「必殺之劍」。這一刀看來平平無奇，但劍道中之精華，臨敵時之智慧，世人所能容納之武功極限，實已全部包涵在這一刀之中。天楓十四郎目光盡赤，滿身衣服也被他身體發出的真力鼓動得飄飛而起——這一刀必殺，他已不必再留餘力。

這「迎風一刀斬」，豈是真能無敵於天下？刀風過處，楚留香身子已倒下……他退無可退，避無可避，竟自石樑上縱身躍了下去。他雖然避開了這必殺無赦的一刀，但卻難免要葬身在百丈絕壑之中！南宮靈眉目皆動，已不禁聳然失聲。5

---

4 黃鷹《無雙譜》，香港：武俠世紀出版，一九七九年，頁一六六。

5 古龍《楚留香傳奇：血海飄香》，香港：天地圖書有限公司，一九九八年，頁二四八。

＊＊＊＊＊＊＊

那人吹笛不停，曲調悠閒，緩步向正自激鬥的三人走去。猛地裏笛聲急響，只震得各人耳鼓中都是一痛。他十根手指一齊按住笛孔，鼓氣疾吹。鐵笛尾端飛出一股勁風，向葉二娘臉上撲去。葉二娘一驚之下轉臉相避，鐵笛一端已指向她咽喉。這兩下快得驚人，饒是葉二娘應變神速，也不禁有些手足無措，百忙中腰肢微擺，上半身硬硬生生的向後讓開尺許，將左山山往地下一拋，伸手便向鐵笛抓去。寬袍客不等嬰兒落地，大袖揮去，已捲起了嬰兒。葉二娘剛抓到鐵笛，只覺笛上燙紅如炭，吃了一驚：「笛上敷有毒藥？」急忙撒掌放笛，躍開幾步。6

上文第一段引自近人黃鷹《無雙譜》，寫方重生血鬥。描述打鬥已具體得多，但過於血腥。第二段引自《楚留香傳奇》、是古龍的名著，有其自己的風格，文筆卻不見到怎樣出色。第三段引自金庸小說《天龍八部》，對打鬥的描述，卻有文藝的筆觸。

金庸在這段小說中把武人的一舉手、一投足，都寫得清清楚楚、交代無誤，甚而引筆解述，以細緻的文筆描繪出來。上文是說段正淳最初現身，從葉二娘手中救出嬰兒。兩人交手的形勢，出手的情形，把瞬間的事說得一清二楚，比現場所見的還細緻。除了描述動作之外，連當時武人的心思，也寫得恰到可取。光以描繪武功打鬥而言，金庸已比其他近代武俠小說作家筆法嚴謹和用心得多，更能顧及讀者的理解和感受。

蘊含藝術美感的武功

金庸對武功打鬥的設計，除了描繪文筆優美簡潔有力外，還有下列幾點突出的作風和設計，是為他的作品帶來廣受歡迎的主要原因。

一　人物的武功層次分明

在每部金著中，雖然人物眾多，但武俠人物的武功修為層次極為明顯，絕不含糊，而最強高手都安排在小說中段高潮前後才出現，使讀者讀來有天外有天、人上有人的詫異和驚喜。

以《射鵰英雄傳》為例，江南七怪已是江南一帶群豪首要人物，各有驚人造詣，享譽江南。但七怪到了大漠，發現鐵屍梅超風，以活人練靶，立即嚇得肝膽俱裂。梅超風武功霸道，

6　金庸《天龍八部》第五章；香港：明河社出版有限公司，一九七五年，頁一九三。

讀者對之毫無疑問。江南七怪尚敢與楊鐵心譽為天下第一高手的丘處機激戰一場，打個平手，七怪則對梅現身個個心驚。看來她的武功最強了，誰料梅的業師黃藥師尚在人間，梅超風被他無聲無息緊隨身後，想沾一下衣角也辦不到，武功之深，又勝多籌。這樣黃藥師的武功應列天下至尊了，卻原來還有歐陽鋒，洪七公和段皇爺三人可以與之並駕齊驅。最後，武功最高的人物找到了，是全真教的王重陽，可惜卻已逝世。這種設計，如剝洋蔥皮一樣，未到最後，不知究竟。

但金庸不甘於此，要將武功的深度推到深邃難測的境界。又一神來之筆，奇峰突出，武功最高的，原來是王重陽的師弟周伯通，因練得雙手互搏之術，反客為主，造詣比當年囚禁他在桃花島上的黃藥師高出幾達一倍，成了當世第一高手。金庸對武功的描述，手法高明，善於設計，寫來得心應手，使他的武俠小說使人看得眉飛色舞，雅俗愛賞。

二　拓展常規武功的界限

金庸從他的第三部小說《射鵰英雄傳》開始，對武功的描述已從常規武功跳越至神奇的異常武功的描寫。

常規武功是指一向以來文人創作武俠小說時，寫人類體能可以施展，有跡可尋而練成的武功。而異常武功可以說純粹出於作者構想，超乎人類體能極限的武功。其中典型代表是內力可以轉注或吸納，可以隔空驅動氣流傷人（如火焰刀、六脈神劍）等等。金庸寫了《書劍恩仇錄》和《碧血劍》後，可能發覺對傳統上武功的描寫難以突破，於是刻意創造各種令讀者目眩心醉的武功。這種異常武功的寫法，雖然神奇而明知沒有可能，但由於作者文筆太美妙，一般讀者反而渴望有此可能。

首先討論典型的吸納，注轉內力和驅氣傷人的異常武功。

寫高手可以把自己辛苦練來的內力轉給別人，最初可見只是運用內力治病，如「射鵰」中黃蓉受傷，在牛家村密室療傷，郭靖便以注轉內力和她療傷，及後受傷更重，郭靖背她找一燈大師用內功療傷救命，調子貫徹始終。

後來在「天龍」中出現丁春秋的化功大法，專吸別人內力，有多吸多，有少吸少，至人委頓全失內力為止，是令敵人最害怕的功夫。後來「笑傲」中魔教教主任我行的「吸星大法」有同樣威力，令敵人望之生畏、避之則吉。作者把這種功夫寫得厲害霸道，難以抵禦。金庸設計這些功夫當然令小說讀來更有娛樂性。其實此種吸人內力的功夫另有所指，便是「文抄公」的功夫[7]。知識分子剽竊別人作品，據為己有而發出威力。明白其究竟，不由不佩服作者對這種厲害功夫的設計。

隔空驅動氣流傷人的武功最著名的是「天龍」中的六脈神劍。練成六脈神劍，揮動手指便可傷人殺人於無敵，書中暗示此乃最高武功。唯一得傳者段譽時懂時不懂已然與第一流高手平起平坐，若練來得心應手，豈非天下至尊？

在拓展常規武功境界中，衍生出「生死符」的設計，又可謂妙絕之至。懂得「生死符」的是「天龍」中天山童姥和其傳人虛竹和尚。「生死符」是什麼？是天山童姥控制手下的武器，手下都被「種」上生死符，都要俯首聽命，甘為驅使。最初以為是什麼有靈效的符牌，令一群桀驁不馴的江湖豪客唯命是從。卻原來是一種武功，把寒冰以內力逼入人體，化而無形，在人體內寄存遊走，發作時令人苦不堪言。後來虛竹運用深湛內力替眾人解去生死符，群豪感戴恩德，誠心貼服。金庸把武功的變化一變於此，真令讀者眼界大開，把絕無可能的事說得頭頭是道，拜其創作力之豐富，亦拜其敢於衝破前人武功描述之樊籬，為武功創造出另一新境界。最可喜恰到的是金庸未有如還珠樓主在「蜀山」中，把武功變成了神怪的法術。

三　把文化元素注入武功

金庸對武功之設計，除了突破前人常規武功的境界外，還把中華文化元素融入武功表現之中，這是金庸小説強烈的特色。

《天龍八部》是金庸小説中頂峰之作，可謂集前著之大成，開場不久，即以棋藝表現武藝之功力[8]。後來在同書中亦借珍瓏棋局反映眾武人在武學上的修為[9]。此外，在另著《笑傲江湖》中，梅莊四友之一黑白子既善弈，武器也是一塊鐵鑄的棋枰，再加上三百六十一枚黑白棋子作暗器，端的是厲害人物[10]。

金庸把棋道融入武功之中，不過略顯身手，在各種文化元素之中，金庸以書法之道和音樂修為融入武功説得最多。在《倚天屠龍記》中，金庸把書道融入武功的描述寫得細緻入信[11]。

7　楊興安《金庸筆下世界》第八章有詳論；香港：三聯書店（香港）有限公司，二〇二四年。

8　《天龍八部》第八章；香港：明河社出版有限公司，一九七五年，頁三二七至三三三。

9　《天龍八部》第三一章；香港：明河社出版有限公司，一九七五年，頁一三一二至一三三〇。

10　《笑傲江湖》第十九章；香港：明河社出版有限公司，一九八〇年，頁八一三至八一六。

11　《倚天屠龍記》第四章；香港：明河社出版有限公司，一九七六年，頁一二七至一二九。

只見張三丰走了一會，仰視庭除，忽然伸出右手，在空中一筆一劃的寫起字來。……張翠山順著他手指的筆劃瞧去，原來寫的是「喪亂」兩字，連寫了幾遍，跟著又寫「荼毒」兩字。……只見他寫了一遍又是一遍，那二十四個字翻去覆來的書寫，筆劃越來越長，手勢卻越來越慢，到後來縱橫開闔，宛如施展拳腳一般。張翠山凝神觀看，心下又驚又喜，師父所寫的二十四個字合在一起，分明是一套極高明的武功，每一字包含數招，便有數般變化。……但筆劃多的不覺其繁，筆劃少的不見其陋，其縮也凝重，似尺蠖之屈，其縱也險勁，如狡兔之脫，淋漓酣暢，雄渾剛健，俊逸處如風飄，如雪舞，厚重處如虎蹲，如象步。張翠山目眩神馳之餘，隨即潛心記憶。

上文是「倚天」中武當五俠張翠山無意在夜裏見到師尊張三丰練字而將之化為上乘武功。其後張翠山亦憑套「書法武功」在王盤山大會上得到謝遜賞識而饒其一命。

中國書法之道源遠流長，而藝術意境深遠。書道與武功有暗合之處極易得人信服，這種寫法，使讀者眼界大開，亦增內容姿采。以書道融入武功刻意而寫的，首見於「射鵰」中南帝段皇爺座下第一大弟子朱子柳，朱子柳的武功便是從書法衍化出來的，朱且為南帝座下眾徒之首。後來「笑傲」中出現梅莊四友，琴棋書畫，當然對書法武功有刻意的描述。在《俠客行》

中，書法的蝌蚪文，更成了武俠世界中最上乘的武功[12]。

除了書法，把樂聲和琴音注入武功的描述更多。《笑傲江湖》本來便寫衡山派掌門劉正風和魔教長老曲洋共譜「笑傲江湖」一曲而引起軒然大波，殺傷多人性命的故事。金庸把音樂寫到可以頤養性情，也可以治病，更可以禦敵殺人。異常武功最初在「射鵰」便出現，黃藥師的簫聲便是一件極厲害的武器。《笑傲江湖》中以瑤琴和琴聲作武器，更描述得細緻入勝[13]。

令狐沖聽到琴音，心頭微微一震，玉簫緩緩點向黃鍾公肘後。瑤琴倘若繼續撞向自己肩頭，他肘後穴道勢必先被點上。……黃鍾公舉琴封擋，令狐沖玉簫便即縮回。黃鍾公在琴上連彈數聲，樂音轉急。……他雖隔著一道板門，仍隱隱聽到琴聲時緩時急，忽爾悄然無聲，忽爾錚然大響，過得一會，琴聲越彈越急，黑白子只聽得心神不定，呼吸不舒，又退到了大門外，再將大門關上。……但偶而琴音高亢，透了幾聲出來，仍令他心跳加劇。……心下詫異：「這姓風少年劍法固然極高，內力竟也如此了得。怎地在我大哥

12《俠客行》第二十章；香港：明河社出版有限公司，一九七七年，頁六三一至六三二。

13《笑傲江湖》第二十章；香港：明河社出版有限公司，一九八〇年，頁八二五至八二六。

『七絃無形劍』久攻之下，仍能支持得住？」……便在此時，琴音錚錚大響，琴音響一聲，三個人便退出一步，琴音連響五下，三個人不由自主的退了五步。

上文寫令狐沖鬥梅莊四友老大黃鍾公，黃把武功混入琴音中，傷敵於無影無形，端的厲害，難得的是金庸把它寫得這樣傳神。試問有什麼卻敵武器可以無影無形呢？聲響是也，可見作者設計的美妙。其他武俠小說的作者也極可能有聲波禦敵的寫法，但顯然不及金庸小說中饒有趣味和引人入信。

把中華文化元素融入武功[14]，尚見《連城訣》中的「唐詩劍法」[15]。在「書劍」裏，陳家洛最後在古迷城竟然見到朱漆漢字的《莊子》竹簡。霍青桐向他說：「瑪米兒的遺書中說，阿里得到一部漢人的書，懂得了空手殺敵之法，難道就是這些竹簡？」陳家洛聽了，反覆思量《莊子》後，悟得更上乘的武功[16]。看來，金庸對武功的設計，總愛在中華文化上花心思。其實金庸替許多武功杜撰名稱，如「九陰真經」、「九陽真經」，「降龍十八掌」，「落英掌」，「通明拳」，「黯然銷魂掌」，「北冥神功」等等[17]，都充滿中華文化意識。

四　武功作藝術性之描繪

金庸在武功的設計上，最聰明可取的地方是把武功作陰陽之美藝術性的描繪，這當然要作者本身蘊含著深厚的藝術素養才辨得到。金庸筆下尖頂人物的武功，都有藝術美感的描繪。在拙作《金庸筆下世界》第八章談武功有這樣的描述：

> 芸芸尖頂兒高手中，以射鵰四大高手：東邪、西毒、南帝、北丐和天龍結義三兄弟的武功寫得最具風格神采。黃藥師清厲，歐陽鋒凶猛，洪七公雄武，段智興溫厚。天龍之高手則段譽清靈飄逸，虛竹博厚謙和，蕭峰剛猛雄勁，……。

---

14 陸離〈金庸訪問記〉，載沈登恩《諸子百家看金庸．第三輯》；台北：遠景出版事業公司，一九八五年，頁四一。金庸說：「譬如寫到關於拳術的，我也會參考一些有關拳術的書，……大多數小說裏的招式，都是我自己想出來的。看看當時角色需要什麼動作，就在成語裏面找，或者詩詞與四書五經裏面，找一個適合的句子來做那招式的名字。」

15 《連城訣》第十一章；香港：明河社出版有限公司，一九七七年，頁三七九。

16 《書劍恩仇錄》第十七回；香港：明河社出版有限公司，一九七五年，頁七二〇至七二一。

17 項莊《金庸小說評彈》；香港：明窗出版社，一九九五年，頁一〇二，認為金庸設計武功中，許多並非中土武功。「九陰真經」為道家玄功，「九陽真經」為佛家神功，原本是梵文，「乾坤大挪移」與「聖火令」是波斯武功。「降龍十八掌」一招一式以「易經」命名，但來路不明。少林武功據說由達摩傳下，是天竺武功。但無論如何，大部分武功名稱都蘊含中華文化氣息。

作者所描述高手之中，大概可以分為陰陽兩路。陰柔的功夫柔和瀟灑，或陰鷙狠毒，如黃藥師、韋一笑、游坦之、虛竹、周伯通、玄冥二老等，以字體而喻，黃藥師武功如曹娥碑，瀟灑俊雅；游坦之和韋一笑接近一路，可比乙瑛碑；虛竹、周伯通飄逸流麗，猶如文徵明的行草；玄冥二老則如鄭板橋之怪異古樸。

陽剛功夫一是剛猛險峻，一是雄健淳厚，如文泰來、蕭峰屬堂正剛猛，字體中如顏真卿歐陽詢；歐陽峰雖然狠辣，但亦屬陽剛一路，有如黃山谷字體的雄險。趙半山、宋遠橋屬雄健渾厚，有如趙孟頫行書；段王爺和南帝武功則屬雍和大雅，有類書聖王羲之的黃庭小楷的筆劃。

陽剛功夫，在金庸設計下有這樣的寫法。拙作《金庸筆下世界》同章中說：

降龍十八掌是至大至剛的武功，應列為第一武功，但從設計上來看，運用降龍掌的人，本身要正氣凜然、木訥端方，才能徹底發揮它的威力。

同是陽剛功夫，金庸也有不同的筆調：

洪七公的降龍掌是剛正霸道，段智興的一陽指卻是淳厚雍和，也是堂堂正正、王道之極。……一陽指的功夫像是一個雍容大雅之士，馴服桀驁不羈之徒，在控制全局之下令敵人折服，有容忍恕宥之雅；而降龍掌一出則如狂飈陡生、群魔辟易，正邪不兩全。從某個角度來看，一陽指確高降龍掌一籌，所以後來作者暗示武功至高的境界是一陽指傳揚下去的六脈神劍，以蕭峰眼見段譽舞動六脈神劍大敗慕容公子，暗暗心驚，隨而了解阿朱對他的體恤，神勇如蕭峰，最終也不是段家六脈神劍的對手，以此比喻褒揚神劍的厲害。

作者在《倚天屠龍記》中對張三丰創造之太極拳推崇至備，事實上相傳只有太極拳才是中國人自創的武功，往自己臉上貼貼金，也不為過。玄冥神掌也挺厲害，和青翼蝠王的寒冰綿掌相近，是至冷至柔的功夫，恰和降龍十八掌一類陽剛功夫相反。此外，黃藥師的落英掌，周伯通的空明拳，楊過的黯然銷魂掌則偏於姿采幻變，瀟灑流暢。還有能列位於一流境界的是廣博的功夫，如范遙和虛竹。

藝術的意境

金庸把武功融入藝術意境，使描繪的武功、給予讀者推至無邊想像力的美感境界，讓讀者自行發揮想像中的美感享受，是武功設計中最聰明的地方，也只有這樣才能把武俠的世界開拓出更美麗的新天地來。試想打鬥的描述若只有刀光劍影、拳來腳往，沒能翻出新花樣，讀者豈能滿足。

金庸在高手的塑造上，也充滿藝術意態。《飛狐外傳》中四大高手，有這樣的描述[18]：

當先一人是個白眉老僧，手中撐著一根黃楊木的禪杖，面目慈祥，看來沒一百歲，也有九十歲。第二人是七十來歲的道人，臉上黑黝黝地，雙目似開似閉，形容頗為委瑣。這一僧一道，貌相判若雲泥，老和尚高大威嚴，一望而知是個有道高僧。

那道人卻似個尋常施法化緣、畫符騙人的茅山道士，……。第三人是個精神矍鑠的老者，六十餘歲年紀，雙目炯炯閃光，……第四人作武官打扮，……步履沉穩，氣度威嚴，隱然是一派大宗師的身分。只見他約莫五十歲年紀，方面大耳，雙眉飛揚有稜，不聲不響的走到第四席上一坐，如淵之停，如嶽之峙，凝神守中，對身周的擾攘宛似不聞不見。

上文是說福康安舉辦天下掌門大會中的「僧、道、俠、官」四大高手。作者對四人設計著墨有輕有重。老僧高大莊嚴、老道平凡委瑣、形象相對而突出，俠士雄健揚露、高官沉穩威猛，都是意態上佳的設計。

金庸除了對武功的設計別具意境外，對打鬥的描述也不光是對圓打拆招，也弄出不少花樣。除了劍陣之外，先在「射鵰」中先讓周伯通「發明」雙手互搏之術。後在「神鵰」中讓楊過和小龍女兩人「雙劍合璧」，使威力陡然大增，已見奇妙。在還有口述武功比拚的設計，「書劍」中的張召重和袁士霄口頭比武[19]，各唸招式，結果張召重期期艾艾，驚得額汗涔涔而下，當知若真個比拚，早已一命嗚呼。同書中乾隆近術褚園劍招未用。劍式早已被無塵道長叫出來。一招跟一招依言使出，武功強弱懸殊可見，趣味性卻濃厚之極[20]。「射鵰」情況也差不多。

18《飛狐外傳》第十七章；香港：明河社出版有限公司，一九七五年，頁六一〇至六一一。
19《書劍恩仇錄》第十七回；香港：明河社出版有限公司，一九七五年，頁七〇〇。
20《書劍恩仇錄》第七回；香港：明河社出版有限公司，一九七五年，頁二九一。

梁子翁和郭靖交手，遇上洪七公，洪七公早一步說出梁子翁的招式，場面可喜有趣[21]。這都是金庸設計運用武功之妙，給讀者帶來極大閱讀享受之處。

金庸對武功的描述、設計上也有不足之處，弱點之一便是老愛把至高無上的武功都稱是秘笈所載，例如「九陰真經」、「葵花寶典」等。其二是石壁遺圖與遺文都是武功至寶，如「笑傲」中華山派山後石洞、《俠客行》俠客島上之石窟所載武功等。三番四次都是如此，似曾相識而無新意，總有點令人失望。

21《射鵰英雄傳》第十二回；香港：明河社出版有限公司，一九七六年，頁四七七。

第七章　金庸小說與文學

金庸小說引起最大的爭論，不是小說寫得好不好，而是可否列入文學作品。至今當代的學者專家，專業作家都各持己見，對金庸小說是否可以列入文學作品、有贊成亦有反對，但都不易令對方信服。夏志清在〈文學的前途〉中說[1]：

當年莎翁寫劇、狄更斯寫小說，也是供人娛樂的，……美國有幾位三、四十年代的偵探小說家，就愈來愈受人重視了。金庸的武俠小說，看入迷的人都叫好不止，究竟有沒有文學價值，實在應該有人去作一番檢討的工作。……。

文學作品的特質

在探討金庸小說是否可以列入文學作品之前，宜探討一下什麼是「文學作品」。對「文學」一詞，亦應取得共識。陽明書局印行的《辭海》在「文學」一詞下說：用語言、文字表現出來的藝術作品，如詩歌、小說、散文、戲曲等都是。中華書局印行的《辭海》這樣解釋：

文學，廣義泛指一切思想之表現，而以文字記敍者。狹義則專指偏重想像及感情的藝術作品。

這部《辭海》賦予文學的空間廣闊一些，但帶出另一名詞「藝術作品」。什麼是藝術作品呢？恐怕又愈扯愈遠了。唐詩、宋詞、元曲都是文學作品，大家都會同意。小說雖然是文學作品，但卻不能引證金庸小說便是文學作品。因為許多人認為只有嚴肅小說才是文學作品。

文學作品，是經過作家凝聚心力寫成具有深刻感染力的作品。相信沒有人反對這種說法。一般的寓言故事，很少人會將之作文學作品看待；但小說，卻可以將之看成文學作品。為什麼呢？因為小說的創作成分高，也需要較高的技巧。試比較同樣素材的兩種寫法。《唐語林》第五卷第六三三條載：

唐貞觀元年，長安客有買妾者，居之數年，嘗忽不知所之。一夜，提人首而告夫曰：

1 溫瑞安《析雪山飛狐與鴛鴦刀》；台北：遠景出版事業公司，一九八五年，頁一三四。

「我有父冤，故於此。今報矣！」請歸，涕泣而訣。出門如風。俄頃卻至，斷所生子喉而去。

這故事是說一女子委身為妾，後殺人復仇，再回身殺子而別。《原化記》載皇甫氏〈崔慎思〉也寫同樣的故事[2]，但文筆大有分別。現將相同情節的描述比較一下：

情節	《唐語林》載	《原化記》載
下嫁。	長安有客買妾者。	窺之亦有容色。唯有二女奴焉。慎思遂求通意。求納為妻。婦人曰。我非仕人、與君不敵、不可為他時恨也。求以為妾。許之，而不肯言其姓。慎思遂納之。
復仇殺人。	一夜，提人首而告夫曰：「我有父冤，故於此。今報矣。」	崔寢、忽失其婦。崔驚之。意有其姦，頗發忿怒。遂起。堂前彷徨而行，時月朧明。忽見婦自屋而下，以白練纏身。其右手持匕首。左手攜一人頭。言其父昔枉為郡守所殺，入城求報。已數年矣，未得，今既尅矣。

殺子而別。	俄頃卻至，斷所生子喉而去。	言訖而別，遂踰牆越舍而去。慎思驚歎未已。少頃卻至。曰：「適去、忘哺孩子少乳。」遂入室、良久而出曰：「餧兒已畢、便永去矣。」慎思久之，怪不聞嬰兒啼，視之，已為其所殺矣。

兩者相比，《唐語林》寫得精簡，《原化記》則有較多文字鋪陳，而字字皆見文學效果，豐美得多。「下嫁」一節，寫出二人結合因緣，男醉其色、而婦亦婉曲，不敢以妻自居，暗下伏筆設疑。「復仇」一節，「崔」文寫發覺失去妻子時心態是「意其有姦」，頗發憤怒。其行動反應是「堂前彷徨而行」。兼寫環境氣氛，「而已半夜」及「時月朧明」，使讀者恍如置身現場，後段述說此女子斷然哺乳殺子，層次分明，進退有度。反觀前者只敍婦人行事，對其性格描述有欠深度。兩者相較下，已可知文學文筆與非文學文筆的分別。

2〈崔慎思〉載成柏泉《古代文言短篇小說選注》；上海：上海古籍出版社，一九八四年，頁四四三。

文學的視野

除文筆外，有人以作品形式區別是否文學作品。所指形式是文體，例如詩、詞、或是報告、評論等文體。以文體而言，大抵申述義理的文章不屬文學作品。以詩而論，也不一定是深澀難明的才有文學價值，貼近生活的題材，簡簡單單的詩也可以產生文學作品的效果，例如漢佚名五言詩：

客從遠方來，遺我雙鯉魚。呼童烹鯉魚，中有尺素書。長跪讀素書，書中竟何如？上有加餐食、下有長相憶。

詩中借魚腹藏書，寫遠人懷念至親至愛的熱誠與癡望，教人感動。另首更淺白的，也是讀後令人低迴再三，餘韻無窮的文學作品。

汴水流，泗水流。流到瓜州古渡頭，吳山點點愁。

思悠悠，恨悠悠。恨到歸時方始休，月明人倚樓。

這寥寥數十字白居易的〈長相思〉，詩句淺白，意境悠然，寫盡思愁之苦。當一個人懷念故人思遠之時，可愛的綠水青山，也只會帶來點點愁緒。直吐胸臆之情深無奈，賺人共鳴，我們都肯定它的文學價值。

所謂文學作品，大多數人都認為是指寄情之作，吐露胸懷感受而使讀者共鳴的。所以，在這一角度看來，申述義理之作，即使好文章，也不會把它作文學作品而看待。

文評家傅庚生認為「文學的境界中，既必終始有我，自必以我之情為主，而以物之景為從」。[3]方孝岳說：「文學為人類互通情感之郵。」[4]換句話說，要成為文學作品，寫情要真情流露，要對感情有深刻的描述，當然最好有感人、動人的魅力。

在文類的形式上，小說也屬文學作品，但在民國初年，國民開始接觸大量東洋（日本）及西洋文化。當時社會形態轉變，國人又渴求精神食糧，因而出現大量小說。品類既多，受歡迎的程度也不一。但其中專寫情愛、以真情流露感人的「鴛鴦蝴蝶派」愛情小說卻被拒絕於文學作品之列。而且將「鴛鴦蝴蝶派」此一名稱視為文學史中一種貶義，視之為文學史中一股

3　傅庚生《中國文學欣賞舉隅》；香港：南國出版社，一九六〇年，頁五十。

4　方孝岳《中國文學批評》；台北：莊嚴出版社，一九八一年，頁一及頁三。

逆流[5]。

文學作品側重的元素本來便是寫情，而刻意言情的小說卻被摒諸文學殿堂的門外，看來是極荒謬的。當時陳蝶衣寫了一篇文章題目是〈我以鴛鴦蝴蝶派自豪〉[6]，反映到鴛鴦蝴蝶派作品[7]受到打壓而站出來申張。何以這樣呢？

自從民初梁啟超等人推崇小說的社會功能後，小說便套上「經世」的任務，是要對社會作有利的事。寫作目的往往側重於強調政治性及功利型[8]，倒配合中國傳統文以載道、以文言志的目標，而以此方向發展的作品名為「嚴肅文學」或「純文學」。當時魯迅是文壇健將、領袖文壇當日，人家問他做小說的目的，他就毫不猶豫地說，是要揭出病苦，以引起療救[9]。形勢既成，「純文學」作品便成了文學主流，「純文學」以外的作品只被視為「逆流」，甚而不入文學之列。

再者，通俗文學被認為是消遣性、不嚴肅。不嚴肅也就是不正經，小說通常稱為閒書，不是正經書[10]。於是不受到重視。當日名作家宮白羽也是「山窮水盡」才改行寫武俠小說[11]。鴛鴦蝴蝶派等一類現代通俗作品不被列入文學之列，另一原因是此類作品類別既多，數量亦大。實在難辨珠玉，在文壇主將的輕視下，被剔出文學之列，原亦不足為怪。

近百年來通俗作品被視為「異端」，實有客觀社會因素。自新文學潮開始後，各類作品澎湃湧現。良莠不齊。五四文學革命拿通俗小說的「黑幕派」和「鴛鴦蝴蝶派」開刀[12]。范伯群主編的《中國近現代通俗文學史》緒論中有這樣的一番話：

> 就純文學中革命文學的作品而言，在第一個十年中，它以「人吃人」為主調，而在第二個十年中，「階級吃階級」代替了「人吃人」而成為主旋律。直到抗日戰爭開始，在愛國主義高揚下，以統戰政策為導向，頗與通俗文學共存，但從四十年代末至五十年代初，

---

5 范伯群《中國近現代通俗文學史》緒論，南京：江蘇教育出版社，一九九九年，頁一：一九一七年，文學革命潮起……其誤導之一就是對繼承本民族白話小說傳統的現代通俗小說不分青紅皂白地一概加以否定。……將現代通俗文學看成是文學史中的一股逆流。

6 范伯群《中國近現代通俗文學史》緒論，南京：江蘇教育出版社，一九九九年。

7 范伯群《中國近現代通俗文學史》緒論，南京：江蘇教育出版社，一九九九年，頁十五：「鴛鴦蝴蝶派」是以形象化的名稱來指謂民初的才子佳人的言情小說派別。後來泛指當時的戀情小說、武俠小說、偵探小說、揭秘臘奇小說。因涵蓋範圍過廣，遂有人借用該派最有代表性的刊物《禮拜六》作為名稱，取其休娛、消閒功能而稱為「禮拜六派」。

8 范伯群《中國近現代通俗文學史》，南京：江蘇教育出版社，一九九九年，頁七。

9 范伯群《中國近現代通俗文學史》，南京：江蘇教育出版社，一九九九年，頁二九。

10 范伯群《中國近現代通俗文學史》，南京：江蘇教育出版社，一九九九年，頁九。

11 陳平原〈金庸的意義〉，載李以建《金庸小說與二十世紀文學》，香港：明河社出版有限公司，二〇〇〇年，頁五四。

12 范伯群《中國近現代通俗文學史》，南京：江蘇教育出版社，一九九九年，頁九。

則以半行政或行政手段，扼制了傳統的通俗文學流派……。

宋詞在唐末最初出現時，也屬消遣性質，後來卻代表一代之文學。其主要原因是一般同類作品都有優秀的文筆表現。由此觀之，可知通俗作品被輕視扼殺，實是由當日文壇主流人士定調造成。至於認為通俗作品是消遣性，不夠嚴肅而被輕視，一方面是當日文人心目狹隘而作出錯誤判斷。另一主要被拒於文壇殿堂的原因，是大多數通俗作品只追求讀者樂於接受「娛心悅目」的通俗性，作家再沒有更高層次的追求和表現便止步。所以有評論說「通俗作家也有其先天的不足，那就是缺乏先鋒性、基本不存在超前的意識」[13]。再者，通俗小說亦因沒有具影響力的評論家、有力地指出輕視通俗作品偏頗的不當而埋沒優秀作品，使之不獲應有的評價。

小說創作的空間廣闊，可以包含各種文筆，亦是最有利表達人類複雜人性感情的文體。所以才被梁啟超、胡適等先知先覺的新文化運動者捧為至有價值的文學作品。無論各類小說，表現都有優有劣，因而不應以小說中的類別來判定是否文學作品，而應以小說的內涵來判別。

輕視通俗文學曾是一個世界性的現象[14]。在第二次世界大戰前（一九四一年）美國的學者也對通俗文學持否定的態度，視通俗文學是庸俗的「文學垃圾」，戰後才開始重視。今日優秀的通俗小說，亦漸被有識之士列入文學作品。這種情況中外皆然。我國自有小說以來至今日的文學作品，當日都是通俗的流行作品，經時日淘汰而流傳至今。翻開《中國小說史》，不用說四大古典小說，連清代的《聊齋》和《老殘遊記》都是當日的流行小說。這種情況中外皆然。英國的莎士比亞、狄更斯，法國的大仲馬、雨果，美國的馬克吐溫、海明威等作家，許多作品都是當日的流行作品。通俗（非粗俗）而易於為人接受，都造成他們不朽的文學地位。

但反過來說，通俗流行作品卻不能都被視為文學作品，文學作品應具有本身的價值和內涵。能激盪讀者的心靈，啟迪讀者反省與思考。文學作品追求感染力，作者可以不作是非的判斷，而讓讀者自行判斷。但都能作出美感的傳達，或感情的宣洩，或睿智的思考。小說中能達到這樣境界的作品，都可以視之為文學作品。

也有人認為文學作品，應描述人間真實的故事。筆者當然反對這樣淺窄的論調。首先，我國許多文學作品都是描述玄怪的故事。以魔神小說《西遊記》為例，便是描述人間以外的魔神故事。卻無損其文學地位。民國初年政治學教授薩孟武著有《西遊記與中國古代政治》，析述《西遊記》折射中國的政治狀況，以中國歷史為據評論中國古代社會、政治、人心，叫人擊節

13 嚴家炎〈文學的雅俗對峙與金庸的歷史地位〉，載李以建《金庸小說與二十世紀文學》；香港：明河社出版有限公司，二〇〇〇年，頁三五。

14 范伯群《中國近現代通俗文學史》；南京：江蘇教育出版社，一九九九年，頁二三。

讚賞。沒有這樣的慧眼，怎會相信一隻猴子的故事，竟蘊含著這樣高超的哲理和寓意。而《西遊記》也符合小說基本的要求——為讀者提供娛樂。

有人認為小說要真，要符合科學的基本常識。這是文學視野不廣的話。什麼是真？用相機拍下你的照片是不是你？真的是你！但照片並不是你——，因為你有血有肉，有呼吸，而照片只是一幀相紙，怎能說是你？文學視野的真不同生活上的真，所以我們不應要求文學作品、尤其是浪漫型作品只描述生活上的真。小說是創作，小說中有真，便是事可假，情要真。小說更應有空間給讀者想像而與生活上的真保持距離。

小說的發展，因題材和焦點不同而衍生許多不同類型的小說。我們不宜說那一類小說是文學作品，那一類小說不是文學作品。我們評價是否文學作品是看小說的內涵而非決定於小說的類別。

金庸對文學的看法

什麼是文學作品？至此，我們可以說寫人性、人類的感情，對生命的感受有深刻的描述，而文字優美的作品都可視之為文學作品。近代小說家白先勇對文學有這樣的看法[15]：

- 我想文學之所以可貴，是因為表現永久的人性。
- 偉大文學之所以可貴是把人生複雜面、面面觀、能夠透視、愈偉大的文學愈複雜，面愈多。
- 好的文學作品為什麼是藝術的，可以耐看，是因為每看一次就發現新的意義，三言兩語講明就根本不是好的文學。

程文超在《尋找一種談論方式》[16]中說：

> 要真正研究作家作品，不得不去探討生活與作家，作家作品與讀者，讀者與作家的關係。

他在同章中認為同一個張生和鶯鶯的愛情故事，在元稹、董解元、王實甫筆下色彩各不相

15 胡菊人《小說技巧》；台北：遠景出版事業公司，一九七八年，頁一七二至一七三。
16 程文超《尋找一種談論方式》；廣州：中山大學出版社，一九九八年，頁二三。

同。同樣寫梁山起義，《水滸傳》和《蕩寇志》的立場卻截然不同。作家身處的社會和他的生活，當然影響作家的作品。我們在研究他的作品時也應探討作家的生活。但若作家仍健在，能聆聽一下他們對創作的觀念也許是更了解他的作品的捷徑。

金庸對文學和小說有這樣的看法，他說：

我寫武俠小說還是由人物出發，想像中國社會有這樣一種人。17

＊＊＊

在小說中，人的性格和感情，比社會意義具有更大的重要性。18

＊＊＊

我的重點放在人物方面。作為通俗小說，人物突出，讀者容易接受。19

＊＊＊

我認為文學的功能是用來表達人的感情，至於講道理，那就應該用議論性的、辯論性的、或政治性的文章。20

＊＊＊

我以為小說主要是刻劃一些人物、講一個故事、描寫某種環境和氣氛。……那是求表達一種感情、刻劃一種個性、描寫人的生活或生命、和政治思想、宗教意識、科學上的正誤、道德上的是非等等，不必求統一或關聯。藝術主要是求美、求感動人、其目的既非宣揚真理，也不分辨是非。[21]

＊＊＊

文學有古典和浪漫兩派，浪漫派小說、戲劇和詩總是想像力放縱，喜歡去表現不可能的事，啟發人的想像力。[22]

＊＊＊

武俠小說寫得好，有文學意義的，就是好小說，其他任何小說也如此。畢竟，武俠小

17 于礬〈赤子衷腸俠客行〉，載沈登恩《諸子百家看金庸．第四輯》；台北：遠景出版事業公司，一九八五年，頁五九。
18《神鵰俠侶》後記。
19 盧玉瑩〈訪問金庸〉，載沈登恩《諸子百家看金庸．第三輯》；台北：遠景出版事業公司，一九八五年，頁二七。
20 杜南發〈長風萬里撼江湖〉，載沈登恩《諸子百家看金庸．第四輯》；台北：遠景出版事業公司，一九八五年，頁十一。
21 林以亮〈金庸的武俠世界〉，載沈登恩《諸子百家看金庸．第三輯》；台北：遠景出版事業公司，一九八五年，頁十四。
22 黃里仁〈掩映多姿，跌宕風流的金庸世界：一、雲起軒中英雄會〉，載沈登恩《諸子百家看金庸．第三輯》；台北：遠景出版事業公司，一九八五年，頁一三〇。

說中的武俠、只是它的形式而已。……好的小說就是好的小說，和它是不是武俠小說沒有關係。問題是一部作品是否能夠動人、有沒有意義，……。[23]

＊＊＊

文學作品要表現人類那一種感情都是可以的，很強烈的愛、很強烈的恨，所謂義，或者說是特別的一種情誼，都是屬於人的感情。[24]

＊＊＊

小說是藝術的一種，藝術的基本內容是人的感情，主要形式是美、廣義的、美學上的美。在小說、那是語言文筆之美、安排結構之美、關鍵在於怎樣將人物內心世界通過某種形式而表現出來。[25]

＊＊＊

我想一般知識分子排除像張恨水那樣的章回小說，而把巴金、魯迅那些小說奉為正統，這個問題主要是基於政治的因素甚於藝術因素，因為這些人都是大知識分子，他們在政治上有地位或影響力，而且整個中國文壇主要也是由這些人組成的，而用中國傳統方式來寫小說的人，就比較不受整個中國文化界的重視，甚至受到歧視。[26]

從金庸夫子自道中，可以見到金庸寫小說，最注重是刻劃人物和人性，著重感情的描述，正合文學追求之旨。而在最後一則引述中，金庸更一針見血說出通俗小說受到歧視的主要原因。文學批評家傅庚生有一段話[27]，說出文學作品應有之感染力：

蓋文學作品必有其預期之目的，故事之開展必至其最高潮。成熟之作品，必入手即有攫住讀者心靈之力量，挑之喜則喜、控之悲則悲、導而不迫、疏而不失、直至其最高潮，使讀者涵泳沉酣、流連忘返、然後其文情復漸次輕減、至於結束、使讀者掩卷惝怳，有無限迷惘依戀之思，此際讀者之胸中已他無所有、唯有一片同情；是作品之成功。

23 杜南發〈長風萬里撼江湖〉，載沈登恩《諸子百家看金庸．第四輯》；台北：遠景出版事業公司，一九八五年，頁十。
24 杜南發〈長風萬里撼江湖〉，載沈登恩《諸子百家看金庸．第四輯》；台北：遠景出版事業公司，一九八五年，頁十二。
25 「金庸作品集」台灣版序。
26 杜南發〈長風萬里撼江湖〉，載沈登恩《諸子百家看金庸．第四輯》；台北：遠景出版事業公司，一九八五年，頁九。
27 傅庚生《中國文學欣賞舉隅》；香港：南國出版社，一九六〇年，頁三一。

我們正可以藉著這番話，探討金庸小說中的文學性和文學筆墨。

第八章　小說素材與寫作技巧

寫小說無論筆法怎樣好，也一定要有內容，才可以借題發揮，展露才華。小說的內容便是小說的素材，再把素材安排成橋段（情節）。所以選擇素材是寫小說第一步功夫。

太陽底下無新事，小說的素材也差不多，像碟子的佳餚，始終也不過是蔬菜魚肉。但蔬菜便有許多種，要找到適合的，新鮮得人喜愛的，便考究功夫。在一次座談會上[1]，林以亮對金庸說：

> 關於《書劍恩仇錄》我覺得其中人物的刻劃，情節的發展，有些地方，太像《水滸傳》了。……不知你自己以為怎樣？
>
> （金庸說）在寫「書劍」之前，我的確從未寫過任何小說，短篇的也沒有寫過。那時不但會受「水滸」影響，事實上也必然受到許多外國小說，中國小說的影響。有時不知怎樣寫好，不知不覺，就會模仿人家。模仿《紅樓夢》的地方也有，模仿「水滸」的也有。我想你一定看到，陳家洛的丫頭餵他吃東西，就是抄《紅樓夢》的。

在這段對話中，金庸毫不諱言「抄」中國古典小說名著。但在寫作角度來看，作家套用以往的寫作元素是常見的。「套用」和「抄」有分別。「套用」是把材料選擇，重新安排再寫。而安排的手法又有高低之分，露不露痕跡之別，這樣便顯出作者的功力來。

中外素材的借鑒

元代劇作家關漢卿晚年作品〈竇娥冤〉大獲好評，藝術文學的成就極高。他寫竇娥含冤所產生三種異象不是真的，而是設想，但卻事有所本。

第一種異象是郡中枯旱三年。他借用劉向《說苑》和《漢書．于定國傳》的故事：孝婦被惡吏逼自誣殺姑，太守殺之，其後郡枯旱三年，後使人卜，於是殺牛祭孝婦，天立大雨。第二種異象是犯人被斬後血漂竹而上。這則故事是借《搜神記．長老傳》故事，寫孝婦周青當眾立誓，說「青若有罪，願殺，血當順下。青若枉死，血當逆流」，行刑時其血先沿竹杆而上才再流下。這故事又載於《太平御覽》四十五卷。第三種異象是六月天時竟下雪。原於戰國鄒衍的故事，燕惠王聽信讒言囚鄒衍，鄒衍仰天而歎，時正五月而天下霜雪。

1　一九六九年八月二十二日晚上金庸家居書房舉行的座談會，載沈登恩《諸子百家看金庸．第三輯》；台北：遠景出版事業公司，一九八五年，頁三三。

關漢卿把這三種異象熔於一爐，寫入〈竇娥冤〉的故事中，寫出弱女子怨氣感天動地，成為歷史上不朽名作。從來沒有人說他抄襲。原因這是在創作上雖然借用題材，而表現恰好，了無斧痕，這點卻非高手不能做到。寫小說，事假情真最重要，讀小說而把它作真事來讀，作歷史來讀，只算是讀故事而未懂得欣賞小說。金庸小說中，事實上許多地方都借用古今中外的素材。《三國演義》出現過這樣的情節[2]：

松笑曰：「松聞曹丞相文不明孔、孟之道，武不達孫、吳之機，專務強霸而居大位，安能有所教誨，以開發明公耶？」修曰：「公居邊隅，安知丞相大才乎？吾試令公觀之。」呼左右於篋中取書一卷，以示張松。松觀其題曰《孟德新書》。從頭至尾，看了一遍，共一十三篇，皆用兵之要法。

松看畢，問曰：「公以此為何書耶？」修曰：「此是丞相酌古准今，仿《孫子》十三篇而作。公欺丞相無才，此堪以傳後世否？」松大笑曰：「此書吾蜀中三尺小童，亦能暗誦，何為『新書』？此是戰國時無名氏所作，曹丞相盜竊以為己能，止好瞞足下耳！」修曰：「丞相秘藏之書，雖已成帙，未傳於世。公言蜀中小兒暗誦如流，何相欺乎？」松曰：「公如不信，吾試誦之。」遂將《孟德新書》，從頭至尾，朗誦一遍，並無一字差錯。

「射鵰」中眾高手爭奪「九陰真經」，最後落在周伯通手裏。恰好遇上黃藥師的新婚妻子要借來看看，誰知讀了之後，竟然隨口背誦出來，說早已看過。情節極之相似。「書劍」中紅花會群雄，少林僧等被圍在宮內，書中有這樣的描述[3]：

霍青桐見眾人殺敵甚多，但不論衝向何處，敵兵必定跟著圍上，抬頭西望，果見鼓樓屋頂上站著十多人，內中四人手提紅燈分站四方，群雄殺奔西方，西方那人高舉紅燈，殺奔東方，東方便有紅燈舉起。霍青桐對陳家洛道：「打滅那幾盞紅燈便好辦了！」趙半山聽了，從地下撿起一張弓，拾了幾枝箭，弓弦響處，四燈熄滅。群雄喝一聲彩。清兵不見了燈號，登時亂將起來。

《水滸傳》中第四十八回，寫宋江率領眾人打祝家莊失利，有這樣的描述：

---

2 《三國演義》第六十回：張永年反難楊修　龐士元議取西蜀。

3 《書劍恩仇錄》第二十回；香港：明河社出版有限公司，一九七五年，頁八四八。

宋江去約走過五六里路，只見前面人馬越添得多了。宋江疑忌，便喚石秀問道：「兄弟，怎麼前面賊兵眾廣？」石秀道：「他有燭燈為號。」花榮在馬上看見，把手指與宋江道：「哥哥，你看見那樹影裏這碗燭燈麼？只看我等投東，他便把那燭燈望東扯；若是我們投西，他便把那燭燈望西扯。只那些兒，想來便是號令。」宋江道：「怎地奈何的他那碗燈？」花榮道：「有何難哉！」便拈弓搭箭，縱馬向前，望著影中只一箭，不端不正，恰好把那碗紅燈射將下來。四下裏埋伏軍兵不見了那碗紅燈，便都自亂攛起來。

這兩段把指引燭燈的設計十分相似，也是把燈打下來，對方便亂作一團。《碧血劍》中袁承志為勢所迫，不得已與阿九同臥一床，是這樣寫的[4]：

阿九嗯了一聲，聞到他身上男子的氣息，不覺一股喜意，直甜入心中，輕輕往他身邊靠去，驀地左臂與左腿上碰到一件冰涼之物，吃了一驚，伸手摸去，竟是一柄脫鞘的寶劍橫放在兩人之間，忙低聲問道：「這是什麼？」

袁承志道：「我說了你別見怪。」阿九道：「誰來怪你？」袁承志道：「我無意中闖進你的寢宮，又被逼得同衾合枕，實是為勢所迫，我可不是輕薄無禮之人。」阿九道：「誰怪你了呀！把劍拿開，別割著我。」袁承志道：「我雖以禮自持，可是跟你這樣的美貌姑娘同臥一床，只怕把持不住……」阿九低聲笑道：「因此你用劍隔在中間……傻……傻大哥！」

這對男女同床而用利劍隔著對方，極可能取材自外國童話原著[5]。

金庸小說的素材，除了取材中國小說外，也有參借西洋的橋段。以前香港放映過一齣電影，叫做《蝴蝶夢》，說一個年青的女子邂逅一中年富紳，嫁入豪門之後，才知道這富紳早有前妻，那位前妻被一個人談論著，「操縱」著他們的生活圈子，但從不出現。布局奇詭，懸疑處處。金庸寫「天龍」姑蘇慕容氏，便有相近的寫法。以金庸影劇知識之豐富，極可能用來參

4 《碧血劍》第十八回；香港：明河社出版有限公司，一九七五年，頁六二七。

5 嚴曉星在其著述《金庸小識》中，引《格林童話全集》（楊武能、楊悅譯、譯林出版社一九九三年版）頁二二一至二三七載：

年輕人去解救遭難的雙胞胎兄弟，被兄弟的妻子，當作是她的丈夫。夜晚他們就寢時，「他把那把雙刃寶劍擺在了自己與公主之間的御床上」。後來，仍不知情的公主問真正的丈夫說：「不知前幾夜你幹嗎總在床中間放一把雙刃劍？我還以為你要殺死我哩！」於是「他便看出，他兄弟多麼忠實」。

另書《意大利童話集》（呂同六、張潔主編，譯林出版社二〇〇一年版）頁二七五至二八四載的故事說與兄弟妻子同床，「老二拔出劍來，把劍刃放在兩人中間」，對公主說，兩人各睡一邊。

考，而借用得好，運用得出色。

金庸《連城訣》的其一主線，狄雲蒙冤入獄而練得一身好本領，與法國大文豪大仲馬的《基度山恩仇記》大情節極為接近。他有沒有受這本世界名著影響，這裏難作定論。金庸在書後明明確確地說出取材自童年家人和生的遭遇，而引起這樣的構思。真人的經歷和小說的情節精神這樣接近，反而給寫作的人一個啟示；處處都是寫作的素材。成功的作品除了選用素材、還要講求寫作技巧。作品是否成功，是「誰說得好」，而不是「誰說得早」。多少人看過《三國演義》和《水滸傳》，情節他們都知道了，但可以有多少人像金庸一樣受到別人情節的啟示而創作出令人讚歎的作品來？

小說的情節豐富才易吸引讀者。十八世紀末意大利劇作家南高齊 Arlogosi 認為「有史以來人類的活動」——即故事中可以包含的情節，決不會超過三十六種範圍。德國大詩人席勒 Schiller 企圖推翻這個說法。但結果還是找不滿三十六種。二十世紀初法國據作家喬治普提 George Polti，根據一千個劇本、二百部小說，作出比較和歸納，列出三十六種情節來[6]，今列於下，作為對金庸小說情節的參考和比較。

1	求告	2	救援
3	復仇	4	逃亡
5	失望	6	革命
7	災禍	8	野心
9	壯舉	10	綁劫
11	釋謎	12	爭取
13	犧牲	14	鹵莽
15	姦殺	16	瘋狂
17	愛上仇敵	18	必須犧牲所愛
19	無意中傷害骨肉	20	骨肉尋覓及重逢
21	為骨肉犧牲	22	骨肉間鬥爭

6 王平陵論文集《小說的故事結構》，香港大學圖書館。

23	骨肉間仇恨	24	骨肉間復仇
25	喪失所愛	26	戀愛受阻
27	姦淫，瞞騙配偶	28	明知故犯之戀愛
29	發現愛人醜行	30	因錯誤而生妒
31	亂倫及帶罪惡戀愛	32	悔恨及受害人
33	為情慾而衝動	34	錯誤的判斷，錯誤者和受害者
35	兩種勢力爭執	36	人和神鬥爭

上列統計是近二百年來西方社會的現象，和中國人社會頗有不同，例如「人和神鬥爭」，在中國社會極可能處於「自己良心的抉擇和鬥爭」。畸戀（不應發生之戀愛），亂倫，骨肉間的恩怨也佔多項，和一向重視倫理道德的中國社會極為不同。除了這類範圍，金庸小說中涉及上述的情節實在不少，有些情節是一再出現。金庸小說中甚至借用西洋幽默笑話，見《鹿鼎記》[7]：

鄭克塽見三人鑽入了麥草堆，略一遲疑，跟著鑽進草堆。他（韋小寶）將匕首插入靴筒，右手拿了那隻死人手掌，想去嚇阿珂一嚇，左手摸出去，碰到的是一條辮子，知是鄭克塽，又伸手過去摸索，這次摸到一條纖細柔軟的腰支，那自是阿珂了，心中大喜，用力捏了幾把，叫道：「鄭公子，你幹什麼摸我屁股？」鄭克塽道：「我沒有。」韋小寶道：「哼，你以為我是阿珂姑娘，是不是？……」鄭克塽罵道：「胡說。」韋小寶左手在阿珂胸口用力一捏，立即縮手……跟著將呼巴音的手掌放在阿珂臉上，來回撫摸……。（阿珂）心想韋小寶的手掌決沒這麼大，自然是鄭克塽無疑……。韋小寶反過左手，啪的一聲，重重打了鄭克塽一個耳光，叫道：「阿珂姑娘，打得好……」阿珂心想：「這明明是隻大手，決不會是小惡人。」韋小寶持著呼巴音的手掌，又去摸阿珂的後頸。

以前看過一則笑話，和上述橋段的精神極有相近之處：

一個衣著隨便的青年走入一架電梯，內裏早有一位衣著講究的紳士和一個老婦。兩人

7《鹿鼎記》第二十六回；香港：明河社出版有限公司，一九八一年，頁一〇七三。

對青年現出輕蔑的神態，電梯門剛要關上的時候，一個年輕貌美的女郎匆匆走進來，紳士也為之飄然。電梯開動了，突然電流中斷，電梯吊在半空，內裏一片漆黑，忽然聽到有人輕吻別人一下，隨之立即響起了一下被打耳光的響聲。電流回復了，紳士紅腫了半邊面，與其餘三人一言不發地走出電梯。老婦人想：想不到這個道貌岸然的紳士，也會趁黑吻那女郎，活該被打。那女郎想：哈，這個道貌岸然的紳士，竟然去吻那老婦，想不到還捱打。紳士想：哼！那個沒教養的傢伙，竟然乘機吻那熱女郎，想不到黑狗得食，白狗當哭，被她打了一記耳光。那個青年心中卻道：我吻了掌心一下，再打了他一巴掌，正好出了那口烏氣！

金庸不知是否受了這段笑話的影響，但寫韋小寶頑皮嫁禍，精神如出一轍。若真的受到這個笑話的啟示，也無損大作家的寫作能力，因為看過這個笑話的人很多，能夠套用素材，再把它天衣無縫地融入自己的作品中，也是作家的傑出成就。所以，寫作時除了要搜羅得好素材，還要看你有沒有本領寫出來。

金庸小說內容素材豐富，取材廣泛，上例只是寫上作素材的借鑒。金庸小說還從許多地方選取素材，他愛把歷史人物和歷史背景寫入書中，再創造適合的書中人物；涉及地域幅員遼闊，除了中國中土還常描述江南，回疆，且遠至中亞，最後《鹿鼎記》更遠至歐洲莫斯科。小說中描述古代中國文化元素極多[8]，包括中國歷史、地理、儒、佛、道知識。還有兵法戰陣，武術、曆學、琴、棋、書、畫、詩詞、酒茗、美食、賭博、風俗習俗等。對中國文化精神：俠義、忠孝、名教、華夷等都有描述，可見小說中素材之豐富。許多讀者更因為透過金庸小說，對中國傳統文化才有較深刻的認識。

金庸小說中，借用、套用其他資料之處一定還有很多。上文只舉出數例而談，素材借用得恰好，讀者更感其好學不倦，知識廣博。

四種寫作技巧特色

有了素材，便要講求寫作技巧。金庸小說當然運用許多寫作技巧，使到讀者追讀得廢寢忘餐。其中有幾種寫作技巧是金庸最愛用的，也是金庸小說的特色。

8 王一川〈文化虛根時段的想像性認同〉，載吳曉東《二〇〇〇北京金庸小說國際研討會論文集》；北京：北京大學出版社，二〇〇二年，頁四八。

寫作小說可以運用三種寫作觀點：一是第一身寫法的「自知觀點」，作者在小說中稱「我」，小說是作者的故事。其次是第三身的「全知觀點」，作者不在故事中，一切事情卻由他述說，作者什麼都知道，例如曹雪芹說《紅樓夢》。三是「旁知觀點」，作者也在小說中出現，但小說卻是說別人的事，說故事者也身在故事中，只不過位置次要，或站在輕微的位置上敘事。比較少人運用。

三種寫法各有優劣之處，前兩種手法較多人用。例如用自知觀點可以使讀者較有代入感，但敍事則不及全知觀點靈活。一般人寫作有關歷史的故事，都用全知觀點的寫法。但金庸寫屬於歷史性質的武俠小說，竟然運用「我」的第一人稱的寫法。見《鴛鴦刀》開卷：

> 四個勁裝結束的漢子並肩胛而立，攔在當路！
>
> ……
>
> 凝神打量四人：最左一人短小精悍，下巴尖削，手中拿著一對峨嵋鋼刺。第二個又高又肥，便如是一座鐵塔擺在地下，……。第三個中等身材，白淨臉皮，……。
>
> 那三人倒還罷了，這病夫定是個內功深湛的勁敵。……
>
> 瞧著這個閉目抽煙的病夫，陝西西安府威信鏢局總鏢頭、「鐵鞭鎮八方」周威信不由

得深自躊躇起來，不由自主的伸手去摸了一摸背上的包袱。

上文一開場是說總鏢頭周威信遇到四個攔途大漢，情景卻全由周威信第一人稱自知觀點寫法描述，以這種寫作手法描述古代故事的小說實在罕見，可見金庸的藝高人膽大。金庸小說有四大寫作特色，分述於下。

一　出色的旁知觀點寫法

金庸寫武俠小說，最聰明和最優秀的寫作技巧是採用「旁知觀點」的寫法。武俠小說是虛幻神異的世界，按理應會用全知觀點去敍事，但金庸在小說中，除了用旁知觀點敍事外，竟常用旁知觀點，而用得恰當非常，令讀者不自覺地代入書中人的感受。唐人豪俠小說也常用旁知觀點敍事，金庸用第二人敍事觀點之筆法不讓唐人專美。在《射鵰英雄傳》中穆念慈和楊康比武招親一場，便寫得最清楚[9]：

9《射鵰英雄傳》第七回；香港：明河社出版有限公司，一九七六年，頁三〇一。

穆易初見那小王爺掄動大槍的身形步法，已頗訝異，後來愈看愈奇，只見他刺、扎、鎖、拿、盤、打、坐、崩，招招是「楊家槍法」。這路槍法是楊家的獨門功夫，向來傳子不傳女，在南方已自少見，誰知竟會在大金國的京城之中出現。……

只是他槍法雖然變化靈動，卻非楊門嫡傳正宗，有些似是而非，倒似是從楊家偷學去的……只見槍頭上紅纓閃閃，長桿上錦旗飛舞……。

旁知觀點的寫法，為唐人短篇豪俠小說中常用（見《太平廣記．豪俠篇》）。金庸照用如儀且用得更高明。對上段文字，《金庸小說十談》第八章有這樣的釋述：

上文寫穆易（楊鐵心）為兒女招親，引出小王爺（楊康）與郭靖較技。文中「只見他刺、扎、鎖……」是誰見了？——是穆易。「只見槍頭上紅纓閃閃……」是誰見了？——是穆易。「誰知竟在金國京城之中出現」這個誰，是誰了？是穆易。誰心裏知道這路槍法是楊家獨門功夫？是傳子不傳女？也是穆易。這段打鬥的描述，完全是書中人穆易所見而所思的，也是書中人穆易所思。作者把穆易眼睛耳朵所接觸到的事物，全部都移借給我們觀賞；穆易所見，成了我們所見；穆易的心思，也隨之而變成我們的心思。穆易在比武圈外站著，我們也在比武圈外站著。能替我們帶來這樣的切身感受，是作者的高明寫作技巧。

金庸常愛用這種筆法寫小說，將讀者直接帶入書中人物內心世界，使讀者感受到虛構的古代人物的感受。在《笑傲江湖》恆山派女尼定靜師太帶領門徒涉足江湖一段，更把這種筆法發揮得淋漓盡致[10]。

但見一家家店舖都是上了門板，廿八舖說大不大，說小不小，也有一兩百家店舖，可是一眼望去，竟似一座死鎮。落日餘暉未盡，廿八舖街上已如深夜一般。……

便在此時，忽聽得東北角傳來一個女子聲音大叫：「救命，救命！」萬籟俱寂之中，尖銳的聲音特別顯得淒厲。……隔了好一會，忽然那女子聲音又尖叫起來……于嫂躬身答應，帶同六名師妹，向東北方而去。可是這七個人去後，仍如石沉大海一般，有去無回。

10《笑傲江湖》第二十三回；香港：明河社出版有限公司，一九八〇年，頁九四二至九四五。

這段寫恆山派敵人早有布置，借定靜師太驚疑莫測的感受，寫出詭異之極的氣氛，讀者看來恍如置身其境，也是為旁知觀點運用得心應手而致。

金庸除了這兩段，極多描述都是用這種手法，十分成功。其他作家也會有用旁知觀點的寫法，但讀來總不如讀金庸小說的投入，原因旁知觀點只是一種寫作手法，懂得手法的人運用起來也有高手低手之別。金庸用得好，主要他有優雅練達的文筆為輔，他的文筆使他運用旁知觀點如心運臂，如臂使指的稱心如意。

二　小說運用影視手法

除了善用旁知觀點手法外，金庸寫作技巧最重要的手段是在小說中運用影劇手法。金庸因為當過導演，研究過戲劇和電影，對場景的運用，視野的推拉，運用得奇妙之處，可說前無來者。對於把電影和舞台劇的手法融入文學作品之中，在我國即使不是第一人，也是運用得最好的一人。

金庸小說中，不乏出現舞台劇的場面。「射鵰」中郭靖黃蓉在牛家村密室療傷，在秘孔中窺見路過各人舉止，看到陸冠英、尹志平的友友敵敵，陸程結為夫婦，楊康計殺歐陽公子，梅超風力戰全真七子等等，便像舞台劇的表演。《雪山飛狐》各人述說經歷也是舞台劇。《飛狐外傳》苗人鳳尋妻到商家堡，正巧盜夥想劫鏢，一干人等聚在廳內，也是舞台劇的場戲，「天龍」中最後王夫人引到草海屋中，擒得段譽，最後弄至段正淳眾愛侶一一死在眼前也是群戲的舞台劇。同書聾啞老人擺下珍瓏，亦是舞台劇。金庸連篇運用，都有極好的效果。運用這些典型的電影手法生動逼真的反是那不大著眼，《俠客行》中的開場。

這一日已是傍晚時分，四處前來趕集的鄉民正自挑擔的挑擔、提籃的提籃，紛紛歸去，（銀幕出現暮色四合，各自趕著回家的鄉民）突然間東北角上隱隱響起了馬蹄聲。蹄聲漸近（配樂效果），竟然是大隊人馬，少說也有二百來騎，蹄聲奔騰，乘者縱馬疾馳（近景）。

……馬上乘者一色黑衣，頭戴范陽斗笠，手中各執明晃晃的鋼刀（特寫鏡頭）。……旁人見到這夥人如此兇橫，那裏還敢動彈？有的本想去上了門板，這時雙腳便如釘牢在地上一般，只是全身發抖（近景），要他當真絲毫不動，卻也幹不了。

離雜貨舖五六間門面處有家燒餅油條店，油鍋中熱油滋滋價響，（鏡頭轉移）鐵絲架上擱著七八根油條（鏡頭再轉），一個花白頭髮的老者彎著腰，將麵粉捏成一個個小球，（鏡頭再轉，特寫）又將小球壓成圓圓的一片……各人凝氣屏息之中，只聽得一個人喀、喀、喀的皮靴之聲，從西邊沿著大街響將過來。（銀幕上見到一雙大皮靴移動的特寫）這人走得甚慢，沉重的腳步聲一下一下，便如踏在每個人心頭之上。腳步聲漸漸近來，其時太陽正要下山，一個長長的人影映在大街之上，（鏡頭用極低的視覺角度、皮靴、人影佔滿大部分銀幕）隨著腳步聲慢慢逼近。街上人人都似嚇得呆了。……

金庸在「天龍」中運用電影手法，把美女木婉清推到讀者眼前來[11]：

（段譽）雙手捧著一掬清水，走到木婉清身邊，道：「張開嘴來，喝水罷！」木婉清微一遲疑，流了這許多血後，委實口渴得厲害，於是揭起面幕一角，露出嘴來。其時日方正中，明亮的陽光照在她下半張臉上。段譽見她下頦尖尖，臉色白膩，一如其背，光滑晶瑩，連半粒小麻子也沒有，一張櫻桃小口靈巧端正，嘴唇甚薄，兩排細細的牙齒便如碎玉一般，不由得心中一動：「她……她實是個絕色美女啊！」這時溪水已從手指縫中不住流下，濺得木婉清半邊臉上都是水點，有如玉承明珠，花凝曉露。

上文寫木婉清蒙了面幕，露出半邊臉孔飲水嬌豔無倫的美態。全段除了作者以優美的文字形容她的絕色之外，還用上電影上的「近鏡」手法。將木婉清的下半邊臉推到我們眼前：但見驕陽之下，美人容膚剔透、齒如碎玉，櫻唇微張，一串串水珠自纖纖玉指縫中流下，點點滴滴的濺在吹彈欲破的臉上，景致美豔無儔，叫人心弦震盪。這種驚心絕豔的描述，能不歸功於「大特寫」的電影手法嗎？

此外，金庸在《飛狐外傳》最後一段寫苗人鳳與胡斐生死鬥，最後一刀胡斐是否劈下去，就此凝著。就如電影「定格」一樣。結局無從知曉。

嚴家炎在《金庸小說論稿》中有專章論及金庸小說的影劇式技巧。他的結論是[12]：

> 金庸借鑒電影技巧對敍事藝術所作的試驗和革新、不僅強化了小說的畫面感與具象性，大大豐富了小說的表現手法……。

事實在金庸之前，近代作家極少運用影劇語言加入小說之中，而又運得這樣恰當和深受讀

11《天龍八部》第四回；香港：明河社出版有限公司，一九七五年，頁一四〇至一四一。
12 嚴家炎《金庸小說論稿》；北京：北京大學出版社，一九九九年，頁二一八。

者歡迎。

三 結構嚴謹 首尾呼應

寫作小說，一定要有嚴謹的結構，首尾呼應，才教人看得舒服。金庸小說的故事結構當然很好，小說的結構其一特色是每個故事都有隱藏於故事以外的「根」。使故事言之成理而又有多姿多彩的發展。

「書劍」的根是紅花會老幫主于萬亭發現乾隆的漢人身世，文泰來也知這個秘密，因而展開兄弟鬥法，發展整個故事。「飛狐」的根是闖王手下四大衛士的誤會，惹致後人連環仇殺。「射鵰」的根是武林高手爭取「九陰真經」，「射鵰」的故事又是「神鵰」的根，述說遺腹子楊康和郭靖的遭遇。《連城訣》的根是三個叛徒欺師滅祖。《俠客行》的根是梅芳姑暗戀石清不遂，偷去他的孩兒。「倚天」的根是明教數十年前的變故，教主突然暴斃，成崑因情施虐。另明教正教派人（紫衫龍王）到東土潛伏。「天龍」的根是慕容氏圖謀復國和蕭遠山中伏。「笑傲」的根是任我行失位，左冷禪謀立五嶽派。《鹿鼎記》的根是天地會圖謀反清復明。

小說故事的根基結實，發展起來便水到渠成，令人信受。在結構而言，在金庸多部作品中，《雪山飛狐》最為特別。

《雪山飛狐》這部中篇小說，原來只是「一天」的故事，那天是清乾隆四十五年（一七八〇年）三月十五日，故事的發生是從早到晚不逾十二個時辰。小說的空間也非常有限，不過是遼東長白山麓烏蘭山玉筆峰一帶。僅是這一天中，故事就三轉四折，不斷奇峰突出。這一天中的故事有奪刀、復仇、助拳、尋寶、鍾情、陰謀、比武的素材在內。陳墨在《浪漫之旅》中說[13]：

《雪山飛狐》真正奇特之處，還在於借「一日」之事，引出武林中胡、苗、范、田四大家族之間的「百年」恩怨。

陳墨在書中說，每當看到《雪山飛狐》為情不自禁地想起前蘇聯著名作家艾特馬拉夫的小說《一日長於百年》，並指出在藝術構想面，哲學意蘊方面，兩書都有共通之處。

書中敘事手法是接近日本導演黑澤明拍攝的電影《羅生門》的敘事方式：同一件事，由不同的人說出來，各有錯漏，又各自為自己利益說話，聽完眾人的述說，要經思考才知道真

13 陳墨《浪漫之旅》，上海：三聯書店，二〇〇〇年，頁一三一。

相。這故事來自日本已故短篇小說名家芥川龍之介的《竹籔中》。一位在日本久居的華人朋友告訴筆者，芥川這種手法是學習俄國文學家的。筆者早在多年前曾為文指出《雪山飛狐》獨特的結構可能借鑒電影「羅生門」，不過原作者金庸公開說明是受到阿拉伯的《天方夜譚》的啟發[14]。也是武俠小說作家溫瑞安對《雪山飛狐》有這樣的看法[15]：

他們在講述同一個故事，結果，第一個人講完了故事，本來已經很完（圓）滿了，卻有第二個人來補充，這一補充之下，讀者才猛然省覺第一個人的故事疏漏百出，等到第三個人再說一次這個故事，又迥然不同，使讀者驀然驚覺，這故事從一個層次進入另一層次，如此一節一節的推上去，讓讀者同時在推理和懸疑中，驚喜和尋索裏，一步一步逼近真相。

《雪山飛狐》有許多優點，但最具特色之處是結構嚴謹，當毫無異議。對好的小說而言，結構嚴謹只是最基本的要求。故事的結構除了「各自說法」之外，一般是用串連式，如《碧血劍》，結構的痕跡便很明顯。先是袁承志出身學藝，繼而下山涉及石樑派與金蛇郎君的恩仇，再是聯結群豪，成七省盟主，最後是五毒教風波。結構上只是平常鋪敘，不過小說寫得好，趣味性濃，因而讀者大多數沒有發覺。

《倚天屠龍記》的結構雖然已有伏筆，但仍然一般而已。趙敏半途才出場，全書甚而有予人上下兩部之感，前半部是正教與明教之爭，後半部是江湖人物與朝廷之爭。但到了《天龍八部》，結構便嚴謹得多，伏筆處處，連環呼應。全書的中心人物是段正淳，重要人物都與他沾上關係，或恩或仇，結構是輻射式的，十分成功。這部小說其實是段譽、蕭峰和虛竹三個人各自發展的故事，但在作者嚴謹結構下，難以感到斧痕，這是作者寫作技巧成功出色之處。隨之的《笑傲江湖》結構亦很好，有開有闔、伏筆呼應，使人驚歎。

四　善用懸疑襯托

懸疑，是長篇小說必備的寫作元素。沒有懸疑，情節的發展便沒有張力，對讀者的吸引力也少許多。但光是懸疑還不夠，金庸小說的懸疑還配上驚濤拍岸的詭秘嚇人，高潮迭起的張力。

---

14 嚴家炎《金庸小說論稿》，北京：北京大學出版社，一九九九年，頁二一八。
15 溫瑞安《析雪山飛狐與鴛鴦刀》，台北：遠景出版事業公司，一九八五年，頁十九。

寫懸疑要加上烘托氣氛達到至佳效果。在這方面金庸小說中以《倚天屠龍記》最為出色。懸疑的描述也是第一回開始。寫來鬼氣森森，懸疑詭秘，兼而有之。後來才抽絲剝繭，逐一回應，才叫人恍然大悟。筆者在《金庸筆下世界》一書第五章便說及金庸寫作上的懸疑手法：

武當三俠俞岱巖黑夜之中，跟蹤欲有所圖的海沙派鹽梟，海沙派去一所屋子，在屋外撒下毒砂，俞岱巖進入大屋，前後五進，見到屍骸遍地，死了二三十人，最後見到三個老人在煉刀，火光熊熊，突然一個年輕的錦袍客撲出來奪刀，煉刀三老又突起內訌，互奪寶刀，結果俞岱巖奪得寶刀，將老者救走，走到海神廟躲下，才知道寶刀是天下武林人士人人欲得的屠龍寶刀，但海沙派人眾追到，正當束手，突然傳來鬼異怪叫，又有人趕來，將海沙派的人趕盡殺絕，這段端的詭異，但故事不是在這裏終結，而只是開始。

俞岱巖無意奪得屠龍刀，怎知過江之時，迎面來了一艘血掌帆船，俞岱巖無端端地被人射上蚊鬚針，弄至全身癱瘓，口不能言，身不能動。這還不奇，最奇有個少年出二千兩黃金，要在東南一帶具有威名的龍門鏢局護送他回武當山，辦不到便要將鏢局滿門七十一口殺個雞犬不留，俞岱巖身處之詭，身遇之奇，可謂達到極點。

這段過程之中，包括了許多疑問，讀者不能不追讀，後來俞岱巖再遭一劫，全身骨骼寸寸折斷，才上得到武當。從此半生廢人，而害人兇徒是誰？為什麼要害他？屠龍刀又有什麼寶貴了？伏線牽引著半部小說。要講到二分之一，才漸露曙光，恨得讀者心癢癢。

金庸在「倚天」一書中，懸疑手法用得最多。接二連三，滾滾出現。根本就是一部偵探小說。情節全部以懸疑推展；及後張無忌被一個假扮蒙古軍士的高手打了兩掌，命懸旦夕，而此人又從此不現，叫人摸不著頭腦，後來無忌練成神功，中和正邪兩派之爭，眼見大事已定，誰知波濤又起，突然來了一股既要滅少林，也要滅武當的人馬，這股勢力明朗了，又再來一次懸疑，無忌四女友中，殷離被殺，小昭遠赴海外，趙明不知所終。於是又引起連串問題。突然周芷若不知怎樣學得詭異高深武功，幾無敵手。一層一疊、一扣一緊，疑案連三接二，逼得讀者透不過氣來。懸案橋段，並非「倚天」專有，《天龍八部》中，蕭峰追查身世，追查「大惡人」，便是書中情節發展的主要路線，達全書四分之一。

《笑傲江湖》的序幕，是江南第一大鏢局林家滅門之禍。先是鏢局少主優哉悠哉地打獵回來，在城郊酒寮小店進酒。偶遇強人調戲少女，路見不平，仗義出手，一時失手殺了來人。回到家裏，隨隊的鏢頭一個一個的不明不白地死去，總鏢頭也認真起來。找到酒寮，已人去樓空，失蹤鏢頭的屍體卻在酒寮後院菜園內被人埋了，一眾滿腹疑團，摸不著頭腦，靜看事態發展。讀者也是摸不著頭腦，追讀著事態的發展。

《射鵰英雄傳》是金庸第一次登上極峰之作。開場詭異、高潮迭起。當日在報上連載，每日看千餘字。讀者整個月早上起床後便想追讀下文的大不乏人。「射鵰」原載開場內容和現在版本不同。是這樣的開始：

一個風雪交加之夜，一個道人踽踽獨行，好心的獵戶把他招待到屋子裏喝酒取暖，道人傲然接納。還談不上兩句，道人也打開包裹，使出食物來大家分享。包裹打開了，赫然是一顆人頭，把獵戶嚇呆了。道人又拿出人心，肝臟來吃，原來是個惡道。獵人出手，反被道人輕描淡寫的制服了，獵人驚悸，自念無辜之際，又得真相大白。原來對方竟是義名滿天下的武林尖頂兒人物。這一段開場，充滿驚疑詭秘，將讀者逼得喘不過氣來。

那道人是長春子丘處機，獵人是郭嘯天和楊鐵心。這個高潮一過，又是一個高潮。丘處機突然發難，將來歷不明的黑衣人殺個片甲不留。丘道長過後，楊夫人包惜弱好心，救了垂危的一人。隨著就是黑衣人來突襲這兩家屋子，弄得兩個好心的獵人妻離子散。後來李萍去了大漠，江南六怪守約追蹤而至，找到郭靖，節奏才舒緩一下。

對於詭異的寫法，《金庸筆下世界》第六章說及：

詭異的故事，多數是以黑夜來烘托恐怖氣氛，但光天化日之下，金庸也一樣可以寫出離奇詭秘的故事。白日之下，鬼氣森森，讀者亦有毛骨悚然之感的，便是《笑傲江湖》中，令狐沖經過浙閩交界廿八舖的一段。

恆山派女尼，遇到嵩山派設計陷害。一座偌大的鎮甸，忽然只逃剩令狐沖一人，孤身在客店獨飲獨斟，恆山眾女尼才施施而入，突然傳來女子呼救之聲，眾女尼又逐一不明不白地失蹤。白日之下，鬼氣森然，可謂詭異之中，另一代表之作。

寫懸疑要加上烘托氣氛達到至佳效果。金庸愛用烘托襯托的設計。景象襯托，物件也襯托，且看金庸說寶刀[16]。

補鍋匠氣鼓鼓的從擔兒裏取出一把刀來，綠皮鞘子金吞口，模樣甚是不凡。他刷地拔

16《飛狐外傳》；香港：明河社出版有限公司，一九七五年，頁三七至四十。

刀出鞘，寒光逼人，果然是好一口利刃。眾人都讚了一聲：「好刀！」……

那店伴將菜刀高高舉起。補鍋匠橫刀揮去，噹的一聲，菜刀斷為兩截。眾人齊聲喝彩：「果是寶刀！」……

南仁通緩緩抽刀出鞘，……寒光閃爍不定，耀得眾人眼也花了。南仁通道：「我這口刀，有個名目，叫作『冷月寶刀』，你瞧清楚了。」……正要還刀入鞘，那「調侯兄」突然一伸手，將刀奪過，擦的一聲輕響，……刀頭落在地下。……

金庸寫寶刀，是以寶刀襯托寶刀。第一口寶刀出鞘，寒光激射，確非凡品，那知尚有一口寶刀，削「寶刀」如泥。寶光流動，瑩瑩如水，方知誰是寶刀至尊。作者描述寶刀一靜一動之出眾，文字之美，層次之清，以物襯物拙勝之手法，令場面生色不少。

金庸以物襯物，原來尚有以人襯人高妙技巧的寫法。

「笑傲」中以田伯光烘托令狐沖。田伯光的出現，挾持義琳，不過帶出令狐沖捨命相救時，智勇仁義的性格。「倚天」中丁敏君烘托紀曉芙。紀曉芙頗得業師滅絕師太的好感，有意傳以掌門之位，而丁敏君卻氣量狹隘，早已窺伺掌門一位，每每對紀曉芙攻擊，映襯出紀之明慧聰敏，對名位毫不放在眼內。《飛狐外傳》中，胡斐尋藥王救苗人鳳，鍾兆文則是胡裴的配襯。鍾兆文處處防範，胡斐卻坦然無懼，真誠待人，方贏得程靈素好感，拔刀相助。無鍾兆文機心，顯不出胡斐之豪邁。兩部飛狐傳中的兩大主角，苗人鳳和田歸農也是互相映襯。田歸農瀟灑俊雅，善於辭令而武功平平，但為人陰險；苗人鳳則赤誠忠義，武功卓絕但木訥貌寢，恰好是個對照。再者此二人其名不如其人，卻剛好形容對方的外表，連苗夫人南蘭也這樣說：「你跟我丈夫的名字該當調一下才配，他最好是歸農種田，你（田歸農）才是真正人中的鳳凰。」

此外，人物的映襯尚有郭靖之渾璞與黃蓉之機巧。美女溫青青對阿九的驚豔襯出阿九的絕色，毒手藥王無嗔前三名弟子的辣手蛇心襯出關門弟子程靈素的清真淡雅等等，都是以人襯人的手法，使得他們的性格更鮮明。讀者對他們的印象更深刻，也增添閱讀上的趣味。

金庸小說中還包含有許多寫作技巧，不過以這四種最為出色，最有效果。

論金庸小說，寫作技巧最出色的是《鹿鼎記》，固然書中包含許多高度的寫作技巧，而讓韋小寶這樣一個小子在江湖人物和朝廷之間那樣得心應手，是極難寫的，有經驗的作家當知此言非虛，而金庸可以寫得娛樂性這樣豐富、這樣吸引讀者，真是難之又難。

有人認為《鹿鼎記》是反武俠小說之作。本文絕不同意這種見解。金庸何須反武俠小說？何必反武俠小說？金庸寫《鹿鼎記》是洗手遊戲之作，志在探索寫作的新路徑，志在表演。

金庸小說諸作中文學價值最高應是《天龍八部》，因為除技巧和文筆好之外，結構精密，人性寫得透徹，也為讀者帶來最多的啟迪，是他的最佳小說。

第九章　刻劃人性與情景文筆

金庸小說中充滿文學筆調的手法和文筆，他創造出各種性格鮮明複雜的人物。介紹他們出場的時候，也別出心裁，用盡心思。

刻劃人性　有血有肉

第一部小說《書劍恩仇錄》，主角不是匆匆露面的，而是用兩人一對的遠赴回疆「千里接龍頭」的手法，來烘托幫主陳家洛的不凡與氣勢。用烘托文筆寫人物的氣勢後來更是常用的筆法。

金庸愛怎樣寫人物呢？拙作《金庸筆下世界》第五章這樣說：

> 長篇小說中，由童年寫起的，有袁承志、郭靖、胡斐、楊過、張無忌和韋小寶。出場時已是成年人的有《書劍恩仇錄》的陳家洛、《天龍八部》的蕭峰、段譽、慕容復、虛竹和《笑傲江湖》的令狐沖。主角的出現手法，又分兩種，一是先聲奪人、成眾人之的，一是無意中介入，想不到後來竟是說他。
>
> 童年出現的主角，漫不經意介入的有楊過和胡斐。楊過出場時只不過是個襤褸的小乞

兒。看見李莫愁欺人太甚，突然把她抱著，勸她放人一馬，李莫愁走後，他拾取有毒的銀針玩，沾上了毒，遇上了歐陽鋒，故事的主線便從此落在他的身上。事前又有誰會想到這個頗有義氣的小乞丐竟是日後的神鵰大俠了？胡斐的介入和他差不多，是在商家堡中，苗人鳳追趕到妻子，但妻子南蘭再不肯跟他回家，一個衣衫襤褸的孩童在人叢中鑽出來罵他太狠心，這個乞兒模樣的小子，便是胡斐。

成年人而無意中介入故事的主要人物有段譽、蕭峰和虛竹。段譽像是個好事的紈絝子弟，跟著馬德見識世面，而虛竹只不過是個在少林寺外出現的地位低微僧人，毫不起眼，想不到後來是靈鷲宮主，天下第一大國手。蕭峰出場，亦只是樓頭一個壯漢，甚而身形裝扮也沒有太多的描述，就像在照片上看到一個朦朧的輪廓，對他沒有怎樣的重視。誰知作者寫蕭峰的手法，最為突出，就像霧裏黃山，看不清楚。但隨後一筆一墨，逐點逐滴地勾劃出蕭峰的為人性格，使人對他的印象越來越清楚，像黃山霧散，始見真章。之後對蕭峰所聞所見、所動所思，寫得越來越仔細，真如將黃山上一花一草，給仔細描繪出來了，使人的印象極為深刻，被他的能幹、偉大的性格而深深感動，歷久不能忘懷。

與寫蕭峰筆法相反的是寫慕容公子的寫法，是先聲奪人，遲遲不現身，製作極強的懸疑感。使人繞繫腦際，常常欲探索他究竟是一個怎樣的人物。這種手法，是其人尚未出場，已常被人談及，兼且推動故事情節的發展。作者屢用不鮮，但以寫慕容公子寫得最好。

對於刻劃人物，人物的出場，金庸總是別出心裁，從不掉以輕心。在拙作《金庸筆下世界》第五章這樣說：

丁春秋雖然不是主角，但是一個極突出的人物。金庸寫丁春秋的出場，也十分成功，也是用先聲奪人、山雨欲來的方法。先是人人談到星宿海的化功大法而色變，使人對這個魔星不寒而慄，繼而說出一眾徒兒的手段毒辣絕情，最後才徐徐出場，仙袖飄飄，大展神威，和南慕容鬥個旗鼓相當。但論出場，寫得最刻意的又不是丁春秋，而是《笑傲江湖》的令狐沖。

令狐沖還未出場，劇情已被令狐沖牽著走。令狐沖三個字，最先叫出來的是恆山派老尼定逸，定逸氣沖沖地在華山派門徒中找他的晦氣，因為令狐沖劫持了恆山派小尼姑儀琳，和淫賊田伯光論交，在酒樓對飲。跟著大夥兒到了劉正風家中，泰山派天門道人劈頭第一句也是要找令狐沖，要殺令狐沖清理門戶。令狐沖仍未現身，而這個時候，令狐沖的佩劍，卻插在青城派掌門座下弟子的屍體上，被送到大廳中。一時之間，令狐沖成了全世界的焦點。人人都想知道令狐沖究竟是一個怎樣十惡不赦的強徒。

誰料情勢一轉，被劫持的嬌怯貌美的小尼姑卻逃了回來，反而迴護令狐沖。於是又產生一種懸疑，究竟令狐沖是好是壞？儀琳斷斷續續抽絲剝繭地說出和令狐沖在一起的故事，令狐沖也就由一個反面十惡的人物，在天真無邪的小女子口中，變成一個多情、俠義、機智、勇敢的大英雄。[1]……寫令狐沖出場的筆墨沒有白費，讀者在令狐沖未現身前已知道他是一個怎樣的人物，印象深刻之至。

金庸寫男角細心經營，讓他們的性格慢慢浮現，或朦朧不清，由人猜疑，結果當然令讀者清清楚楚。但他寫美女角現身出場，卻愛用直描手法，用詞典雅高華，都是優美的文筆，且看下段引述。

青青聽她吐語如珠，聲音又是柔和又是清脆，動聽之極，向她細望了幾眼，見她神態

---

1 《笑傲江湖》第三回；香港：明河社出版有限公司，一九八〇年，頁一〇二至一五四。

天真，雙頰暈紅，年紀雖幼，卻是容色清麗，氣度高雅，當真比畫兒裏摘下來的人還要好看，想不到盜夥之中，竟會有如此明珠美玉一般俊極無儔的人品。2

作者借一個美女之口，衷心讚歎另一個美女之美，自愧不如。阿九之美可想而見。阿九之美，清暉之中，帶著人間高雅貞潔，一般人形容美女，只談樣貌。但作者在這兒卻繪聲繪影、美人胚子、恍至眼前，真箇掩卷猶香。

那少年約莫十五六歲年紀，頭上歪戴著一頂黑黝黝的破石帽……露出兩排晶晶發亮的雪白細牙……眼珠漆黑，甚是靈動。（男服出場）

只見船尾一個女子持槳盪舟，長髮披背，全身白衣，頭髮上束了條金帶，白雪一映，更是燦然生光。……只見那女子方當韶齡，不過十五六歲年紀，肌膚勝雪，嬌美無匹，容色絕麗，不可逼視。（黃蓉初次女服現身）3

這段寫嬌俏活潑的黃蓉，姿采煥發，難怪歐陽公子見了她即甘心驅去群姬而獨求黃蓉一人。下段寫中年美人：

這女子四十歲左右年紀，身穿淡黃道袍，眉目如畫，清麗難言，韋小寶一生之中，從未見過這等美貌的女子，他手捧茶碗，張大了口竟然合不攏來，剎時間目瞪口呆，手足無措。4

陳圓圓這位亡國美女，人到中年，仍然儀容鼎盛，端麗中帶著莊嚴。豔光逼得韋小寶這個小滑頭不知所措。

她們之中，一些令人心儀讚歎，一些流露潔美光華，一些卻叫人失儀自慚，同樣是雅致高逸，清麗端方。金庸筆下的美女都會使男人神眩魄奪、赴湯蹈火。

金庸寫人，其實很少以直筆直寫，卻愛從人物的一言一行中，表現出其性格深度，或者鑽入人物的內心，從他們的思想抉擇中表露個性。

在「倚天」中，他寫滅絕師太寫得很成功。更借助滅絕師太一兩句話，反映出她既高傲，又自知。在前赴圍剿魔教途中，滅絕師太的徒弟靜虛被青翼蝠王舉手投足之間吸血而死，瞬間

2《碧血劍》第十回；香港：明河社出版有限公司，一九七五年，頁三八二。
3《射鵰英雄傳》第八回；香港：明河社出版有限公司，一九七六年，頁三二七。
4《鹿鼎記》第三十二回；香港：明河社出版有限公司，一九八一年，頁一三〇五。

便逃去。滅絕師太當眾說輕功自己遠遠不如他。丁敏君討好她，說對方一味奔逃，算什麼英雄好漢。滅絕師太的反應怎樣呢[5]？

滅絕師太哼了一聲，突然間拍的一響，打了她一個嘴巴，怒道：「師父沒追上他，沒能救得靜虛之命，便是他勝了。勝負之數，天下共知，難道英雄好漢是自封的麼？」

許多人就愛自稱英雄好漢，滅絕師太的胸襟和自知之明，一句話便表達出來。

楊康是「射鵰」中的重要人物，卻屬於歹角，作者把他寫得聰明、武功不差、有氣度。但在他內心爭鬥中，表現出他性格的傾向。楊康親母死後，他已知道自己身世，但在完顏洪烈落荒而走時在破祠碰到他，本可即報家仇，但是心中交戰思慮[6]。

這時只須反手幾拳，立時就報了我父母之仇，但怎麼下得了手？那楊鐵心雖是我的生父，但他給我過什麼好處？……再說，難道我真的就此不做王子，和郭靖一般的流落草莽麼？

楊康的思慮反映他的性格，其實完全合乎人性。隨之更想到他日有機會成天下的共主，便確定取捨。這比「天龍」中蕭峰見到親父蕭遠山，即絕不猶豫，站在同一陣線合乎人性得多。

金庸寫人物，也愛用旁筆寫，從一個人的口中說另一個人，令他的性格浮現出來。「笑傲」開場僧尼儀琳便說令狐沖，但只是她片面的感受。《碧血劍》中溫儀回憶邂逅金蛇郎君，便寫得聲容並茂，而且語態宛然，人到中年，語態像個情竇初開的少女，充滿文藝筆調[7]。

金庸對人物的描述，除了上述手法外，竟然用上最現代、最文藝的意識流手法，加上那優美的遣詞和行文，比一般的純文學作品還寫得好。且看《飛狐外傳》中，苗人鳳追尋私逃的妻子南蘭，在傾盆大雨下同在商家堡避雨的描述[8]。

苗人鳳望著懷裏幼女那甜美文秀的小臉，腦海中出現了三年之前的往事。這件事已過了三年，……苗人鳳想到當年力戰鬼見愁鍾氏三雄的情景，嘴角上不自禁出現了一絲

5《倚天屠龍記》第十七回；香港：明河社出版有限公司，一九七六年，頁六八三。
6《射鵰英雄傳》第十六回；香港：明河社出版有限公司，一九七六年，頁六四三。
7《碧血劍》第六回；香港：明河社出版有限公司，一九七五年，頁一九六至二〇三。
8《飛狐外傳》第二章；香港：明河社出版有限公司，一九七六年，頁五六至五八。

笑意……於是他想到腿上傷癒之後，與南小姐結成夫婦，這個刻骨銘心、傾心相愛的妻子，就是眼前這個美婦人。

……

終於有一天……終於，在一個熱情的夜晚，賓客侮辱了主人，妻子侮辱了丈夫，母親侮辱了女兒。那時苗人鳳在月下練劍，他們的女兒苗若蘭甜甜地睡著……。

南蘭頭上的金鳳珠釵跌到了床前地下，田歸農給她拾了起來，溫柔地給她插在頭上，鳳釵的頭輕柔地微微顫動……

……

她聽到女兒的哭求……自從走進商家堡大廳，苗人鳳始終沒說過一個字，一雙眼像鷹一般望著妻子。外面在下著傾盆大雨，電光閃過，接著便是隆隆的雷聲。大雨絲毫沒停，雷聲也是不歇的響著。

終於，苗夫人的頭微微一側。苗人鳳的心猛地一跳，他看到妻子在微笑，眼光中露出溫柔的款款深情。她是在瞧著田歸農。這樣深情的眼色，她從來沒向自己瞧過一眼，即使在新婚中也從來沒有過。這是他生平第一次瞧見。苗人鳳的心沉了下去，他不再盼望，緩緩站了起來，用油布細心地妥貼地裹好了女兒……他大踏步走出廳去，始終沒說一句話，也不回頭再望一次。大雨落在他壯健的頭上，落在他粗大的肩上，雷聲在他的頭頂響著。

小女孩的哭聲還在隱隱傳來，但苗人鳳大踏步去了。……

《飛狐外傳》商家堡尋妻一幕，是金庸小說中其一經典之作，表現出作者至深湛的寫作功力。首先，作者借用影劇舞台敍事技巧，再加上意識流手法描述。往事隨著苗人鳳的意識流走出來：從與妻子相識、結合，妻子婚外戀、私奔，一幕一幕顯示出來。再加上情景交錯的描述，營造滂沱大雨沉重的氣氛，用優雅的文字，從而帶出每一個人的背景、慾望，交織成錯綜複雜的關係。這場豪雨，產生極具作用的戲劇效果。當中雨點滴滴、電光閃閃，雷聲隆隆，像要洗滌每個人的塵垢，照耀出每個人的貪嗔，喝醒每個人的慾望。大家都是默然無語，而心中所思，卻又比什麼時候更紛雜。結果，苦戀的丈夫，終於見到妻子對情郎的情深一笑而心死。雨點落在他的頭上，肩上。全場沒有對白，只有雨聲、雷聲，小女兒的哭聲。被遺棄的丈夫一言不發而來，在風雨中也是一言不發傲然獨去，更顯出他毅然承擔著心中那無窮無盡，淒風苦雨所帶來的傷感壓力，把英雄低首的悲愴，推到至高境界。

這一段文字沒有描寫苗人鳳，但讀者對他的性格卻有至深刻的認識，可見作者金庸文筆造詣的深湛。

情深無奈　淒美刻骨

金庸小說中不乏刻劃人物佳筆，對人性的刻劃更深刻。從中可以見到人性的美善、醜惡、無知和無奈。未翻閱作品之前，真難以想像武俠小說中可以有這樣的筆調反映人性的描述。金庸十五部小說中，其中一半以上的文字是感情的描述，對愛情的著墨尤多。寫愛情寫得真摯感人。有愛情的喜悅，愛情的苦惱，愛情的犧牲和感受，每每賺得讀者共鳴，小說中有捨生忘死的愛，有刻骨銘心的愛，有犧牲成全的愛，有失落無奈的愛，主人公都發自內心而一往無悔，賺人熱淚。

金庸除了運用真摯情深的文筆之外，更會借用詩詞，潤色小說中情致文采。小說中有一首詞，蕩氣迴腸、無奈淒滄，赤練仙子李莫愁死前慷慨高歌，讀過小說的讀者恐怕都不會忘記。歌詞是：

問世間，情是何物，直教生死相許。天南地北雙飛客，老翅幾回寒暑。歡樂趣，離別苦，就中更有癡兒女，君應有語。渺萬里層雲，千山暮雪，隻影為誰去。

原詞是金人元好問所作之「摸魚兒」。尚有下闋[9]：

橫汾路，寂寞當年簫鼓。荒煙依舊平楚。招魂楚些何嗟及，山鬼暗啼風雨。天也妒，未信與，鶯兒燕子俱黃土。千秋萬古，為留待騷人，狂歌痛飲，來訪雁丘處。

這首詞原是作者誌記鴻雁殉情。一雁為獵人捕殺，其伴得脱羅網，悲鳴不去，自投於地，殉愛而死。作者感雁悲壯之烈而寫。原詞第一句是「恨人間」而非「問世間」。金庸這一改，頓把氣勢提升，除了聲韻更鏘之外，更合哀而不怨之旨。這首詞經金庸小説一載，多上千千萬萬人認識欣賞。尤其是首句「問世間，情是何物」，時人每有共鳴，掛在口中。

金庸寫情深寫得好，想不到寫登徒子也寫得極好。見《書劍恩仇錄》中一段[10]。

9　黃兆漢《金元十家詞選》；西安：太白文藝出版社，一九九六年，頁六十。

10《書劍恩仇錄》第三回；香港：明河社出版有限公司，一九七五年，頁九八至一百。

睡夢中似乎遇見了丈夫，將她輕輕抱在懷裏，在她嘴上輕吻。駱冰心花怒放，軟洋洋的讓丈夫抱著。……將她抱得更緊，吻得更熱。駱冰正自心神蕩漾之際，突然一驚，醒覺過來，星光之下，只見抱著她的不是丈夫，竟是余魚同。這一驚非同小可，忙用力掙扎。余魚同仍是抱著她不放，低聲道：「我也想得你好苦呀！」駱冰羞憤交集，反手重重在他臉上打了一掌。……

當下余魚同道：「求求你殺了我吧，我死在你手裏，死也甘心。」駱冰聽他言語仍是不清不楚，怒火更熾……。余魚同道：「……有那一天那一個時辰不想你幾遍。」說著捋起衣袖，露出左臂，踏上兩步，說道：「我恨我自己，罵我心如禽獸。每次恨極了時，就用匕首在這裏刺一刀。你瞧！」朦朧星光之下，駱冰果見他臂上斑斑駁駁，滿是疤痕，不由得心軟。

金庸小說寫情的多，寫慾的少。這段寫余魚同對駱冰的輕薄。也著墨不多，靈慾交割，而情而慾，使人對登徒子不厭反憐。文筆對人性刻劃細緻，令人信受。

金庸對愛情生離死別的描寫，以文藝文學的筆調下筆，或凄美、或悲壯。讀者閱後或掩卷浩歎，或情難自已。下面只撮引，原文感人得多[11]。

電光一閃，半空中又是轟隆隆一個霹靂打了下來，雷助掌勢，蕭峰這一掌擊出，真具天地風雷之威，砰的一聲，正擊在段正淳胸口。但見他立足不定，直摔了出去，拍的一聲撞在青石橋欄干上，軟軟的垂著，一動也不動了。……電光閃閃之中，他看得清楚，失聲叫：「阿朱，阿朱，原來是你！」……

阿朱斜倚在橋欄干上，身子慢慢滑了下來，跌在蕭峰身上，低聲說道：「大哥，我……我……好生對你不起，你惱我嗎？」……阿朱道：「我翻來覆去，思量了很久很久，大哥，我多麼想能陪你一輩子，可是那怎麼能夠？我能求你不報這五位親人的大仇麼？就算我糊塗的求了你，你又答允了，那……那終究是不成的。」她聲音越說越低，雷聲仍是轟轟不絕，但在蕭峰聽來，阿朱的每一句話，都比震天響雷更是驚心動魄……。

阿朱道：「我要叫你知道，一個人失手害死了別人，可以全非出於本心。你當然不想害我，可是你打了我一掌。我爹爹害死你的父母，也是無意中鑄成了大錯。」蕭峰一直低頭凝望著她，電光幾下閃爍，只見她眼色中柔情無限。蕭峰心中一動，驀地裏體會到阿朱對自己的深情，實出於自己以前想像之外。……顫聲道：「阿朱，阿朱，你一定另有原

11《天龍八部》第二十三回；香港：明河社出版有限公司，一九七五年，頁九六七至九七二。

因，不是為了救你父親，也不是要我知道那是無心鑄成的大錯，你是為了我！你是為了我！」抱著她身子站了起來。

阿朱臉上露出笑容，見蕭峰終於明白了自己的深意，不自禁的歡喜。她明知自己性命已到盡頭，雖不盼望情郎知道自己隱藏在心底的用意，但他終於知道了……。

「天龍」中蕭峰為復仇錯殺阿朱，阿朱魂斷橋頭，蕭峰晴天霹靂，恨悔難翻。阿朱以身相殉，希望歇熄情郎的復仇火焰，也藉此化解情郎的孽障，同時表現一種更高的情操。是對愛侶的敬重與犧牲。

金庸寫人寫情，許多時候都是情景交融而達到至佳的文學效果。死別吞聲、生別長惻惻。愛侶情義，在金庸筆下，寫來滿紙嗚咽的，是倚天中張無忌和小昭最後一別。這段未了情緣，讀來黯然銷魂[12]。

過了一會，那小船又划了過來，船中坐的赫然正是小昭……謝遜忽道：「小昭，你做了波斯明教的教主麼？」小昭低眉垂首，並不回答，過了片刻，大大的眼中忽然掛下兩顆晶瑩的淚水。霎時之間，張無忌耳中嗡的一響，一切前因後果已猜到了七八成。心下又是難過，又是感激，說道：「小昭，你這一切都是為了我！」小昭側開頭，不敢和他目光相對。……

張無忌見他所處的那間房艙極是寬敞，房中珠光寶氣，陳設著不少珍物，剛抹乾身上沾濕的海水，呀的一聲，房門推開，進來一人，正是小昭。她手上拿著一套短衫褲，一件長袍，說道：「公子，我服侍你換衣。」無忌心中一酸，說道：「小昭，你已是總教的教主，說來我還是你的屬下。如何可再作此事？」小昭求道：「公子，這是最後的一次。此後咱們東西相隔萬里，會見無日，我便是再想服侍你一次，也是不能的了。」張無忌黯然神傷，只得任她和平時一般助他換上衣衫，幫他扣上衣鈕，結上衣帶，又取出梳子，替他梳好頭髮。張無忌見她淚珠盈盈，突然間心中激動，伸手將她嬌小的身軀抱在懷裏。

小昭「嚶」的一聲，身子微微顫動。張無忌在她櫻唇上深深印了一吻，說道：「小昭，初時我還怪你欺騙於我，沒想到你竟待我這麼好。」小昭將頭靠在他寬廣的胸脯之上，低聲道：「公子，我從前確是騙過你的……。但在我心中，我卻沒對你不起。因為我決不願做波斯明教的教主，我只盼做你的小丫頭，一生一世服侍你，永遠不離開你。我跟你說過

12《倚天屠龍記》第三十回；香港：明河社出版有限公司，一九七六年，頁一二三七至一二四〇。

的，是不是？你也應允過我的，是不是？」張無忌點了點頭，抱著她輕柔的身子坐在自己膝上，又吻了吻她。她溫軟的嘴唇上沾著淚水，又是甜蜜，又是苦澀。……

小昭又道：「我命人送各位回歸中土，咱們就此別過。小昭身在波斯，日日祝公子福體康寧，諸事順遂。」說著聲音又哽咽了。張無忌道：「你身居虎狼之域，一切小心。」小昭點了點頭，吩咐下屬備船。……

張無忌不知說什麼話好，呆立片刻，躍入對船。只聽得小昭所乘大艦上號角聲嗚嗚響起，兩船一齊揚帆，漸離漸遠。但見小昭悄立船頭，怔怔向張無忌的座船望著。兩人之間的海面越拉越廣，終於小昭的座艦成為一個黑點，終於海上一片漆黑，長風掠帆，猶帶嗚咽之聲。

對於這段刻骨情深，可以讓天下有情人同聲一哭的文字，筆者在《金庸筆下世界》第三章牽起這樣的感慨：

作者文雖暫而意無窮，閉目可見數十年後的小昭，白髮蒼蒼仍駐足東望，滿懷失落之哀傷。這對戀人傷心離別，寫來情容並茂，實而不華，哀而不傷，讀者恍如置身其境。……兩人情深義厚，般般珍重，而逝者如斯，長風浩歎。

讀了這幾遍寫人性至為深刻的文字，焉能說金庸小說中欠缺文學的筆墨。對於人性的剖視，金庸在第一本著述，「書劍」中已營造出表現真實人性的環境。他借荒漠餓狼群的襲人；一群比蝗蟲還厲害的餓狼圍著善善惡惡眾人，人性都表現出來。不過那次是小試牛刀，筆墨不多。而《書劍恩仇錄》是以情節見稱，人物刻劃還不夠深。想不到後來卻在小說中處處描繪人性為主題，成為小說中的成功特色。

金庸寫人性中光潔多情一面，也寫人性的弱點與卑劣。他借「天龍」中珍瓏棋局，寫盡當時天下高手脆弱的一面[13]。

> 這個珍瓏變幻百端，因人而施，愛財者因貪失誤，易怒者由憤壞事。段譽之敗，在於愛心太重，不肯棄子；慕容復之失，由於執著權勢，勇於棄子，卻說什麼也不肯失勢。段延慶生平第一恨事，乃是殘廢之後，不得不拋開本門正宗武功，改習旁門左道的邪術，一

13《天龍八部》第三十一回；香港：明河社出版有限公司，一九七五年，頁一三二二。

到全神貫注之時，外魔入侵，竟爾心神蕩漾，難以自制。

對於珍瓏反映人性的描述，筆者在《金庸小說十談》第三章中有這樣的看法：

段譽之失，在於愛心太重，原來「愛心」倒是造成失敗的因素，不過只要回心一想，這亦是最理所當然的事，慈母溺愛子女，便是缺點，愛之適足以害之，愛心太重，果然不當。一個愛心太重的人，通常都是優柔寡斷。優柔寡斷，便常常誤事。世間上有種人常常努力去做好好先生，以為面面俱圓，結果難偕結局，誤人誤己而不自知。

另一類人恰好相反，是慕容氏式，決斷果敢，伶俐狠絕。結果如何？朋友越多，衝突愈多，壓力愈大，最後悒悒而終。段延慶之失，屬身不由己一類，以延慶太子才略，何嘗不知歧路險惡？但一個失盡正道本錢的人，便不能不鋌而走險，這樣愈走愈邪，愈邪愈險，再難以回頭，因果已種，難免苦果自嚐。可知世事有得必有失，有益必有損，能生而無憾的，究竟少之又少，難怪連賤視得失榮辱的世外高人——莫大先生也有千古傷心之恨了！

除了高人亦有遺憾亦有弱點外，金庸曾不止一次描述有道僧人，武學修為高手對世務一竅不通。先有「神鵰」末段熟讀「九陽神功」的覺遠和尚，再有少林寺高手玄難大師。還有虛竹和尚入俗化為虛竹子的西夏駙馬爺。相信始終也不通世務，這也是作者觀察人性深刻之處。

金庸小說中，也寫有不少人性醜惡的一面。書中連惡人的兇橫也有好幾種。

第一類是強橫霸道：如「書劍」中張召重、《碧血劍》溫氏五老、「射鵰」歐陽鋒、「笑傲」左冷禪和任我行。他們都具唯我獨尊的性格，銳不可當，屬遇魔殺魔，見佛殺佛的冷峻人物，多有宗派氣度。

第二類是陰險毒辣之徒。有得不償失的東方不敗、挑撥生端的慕容博、窺伺人妻的田歸農、殺師害徒的成崑。這一干人都是手段毒辣，人不害我，我亦害人之輩。

第三類是偽善藏奸者。有「倚天」的朱長齡、「天龍」的白世鏡，《飛狐外傳》的湯沛，當中佼佼者自然是偽君子岳不群，真相未水落石出之前，大都博人好感敬重，但假面具撕破，尤覺其面目猙獰，結果眾叛親離，得不償失。

金庸筆下的胡僧亦多是難纏人物，如金輪法王、血刀老祖、鳩摩智等，其強頑兇惡，亦各具特色。寫惡人也可以寫出多種類型，可見作者對人性認識之深刻。

金庸作後期作品中，寫人性特點，寫得最多的是世人都愛聽阿諛之詞，有喜歡被奉承的性格。由「天龍」的丁春秋開始，至任我行，桃谷六仙，洪教主，甚而是韋小寶。把阿諛之道寫得淋漓盡致，韋小寶亦因懂得奉承而成一代奇人。此外，金庸用一整部小說來寫人性醜惡，這部小說便是《連城訣》。書中除了主角狄雲和丁典之外，幾乎全部人物都是缺德者，這可算是作者刻意刻劃人性醜惡之作。

情景交融的藝術意境

金庸寫人物寫得深刻，寫情寫景文筆同樣好。文筆高妙之處是用詞精到，往往短短幾句，便將景象勾勒出來。「倚天」中寫甘涼道上出現江南景致，令人神醉[14]。

說話之間，莊丁已獻上茶來，只見雨過天青的瓷杯之中，飄浮著嫩綠的龍井茶葉，清香撲鼻。群豪暗暗奇怪，……園中山石古拙，溪池清澈，花卉不多，卻甚是雅致。張無忌不能領略園子的勝妙之處，楊逍卻已暗暗點頭，心想這花園的主人實非庸夫俗流，胸中大有丘壑。水閣中已安排了兩桌酒席。趙敏請張無忌等入座。……水閣四周池中種著七八株水仙一般的花卉，似水仙而大，花作白色，香氣幽雅。群豪臨清芬，飲美酒，和風送香，甚是暢快。

這段寫明教群豪初遇趙敏，寫園景，看來沒有什麼特異之處，也不見得怎樣刻劃入微，但讀者讀來卻感到美景目前，惟恬暢舒泰。為什麼呢？原來金庸寫景的技巧是同時寫書中人的感受，於是引得讀者也有同樣的感受。上文中「群豪臨清芬，飲美酒，和風送香」十二個字。精煉有力，帶引讀者自行想像園中美景的意態，加上用詞精煉，造成文字描述的一種至上佳的筆法。

金庸小説中同樣寫美景的地方很多，也是同時加上書中人的感受，使讀者更感親臨其地。例如「射鵰」中黃蓉受傷，郭靖背她找一燈大師療傷，中途美景處處，且遇上大師的四大弟子漁樵耕讀留難，郭黃兩人合作把難題一一刃解。旅途之中，風光處處，意態盈盈，景致醉人。作者便是用同樣文筆手法，令讀者置身畫意詩情之中。

金庸非只寫美景，也可以筆鋒一轉，把景致寫得蕭索淒涼[15]。

14《倚天屠龍記》第二十三回；香港：明河社出版有限公司，一九七六年，頁九二七至九二八。
15《飛狐外傳》第十九章；香港：明河社出版有限公司，一九七六年，頁七二六至七二七。

那陶然亭地處荒僻，其名雖曰陶然，實則是一尼庵，名叫「慈悲庵」，庵中供奉觀音大士。胡斐和程靈素到得當地，但見四下裏白茫茫的一片，都是蘆葦，西風一吹，蘆絮飛舞，有如下雪，滿目盡是肅殺蒼涼之氣。忽聽……一隻鴻雁飛過天空，程靈素道：「這是一隻失群的孤雁了，找尋同伴不著，半夜裏還在匆匆忙忙的趕路。」

這個畫面的設計有荒涼的尼庵，加上西風，午夜三更蘆葦白茫茫在風下舞動點點如雪，景象清淒寂寥。再加上失群孤雁，更令人哀傷落寞。這段文字是寫胡斐大戰在即，以景象烘托孤淒無依的心境。優美的文字，創造出至蒼涼空明的藝術意景，如此文筆，在純文學作品中亦不多見。

金庸寫古代軍旅戰陣的文筆也極出色，深刻動人，其功力在中國古今文學作品中罕見。金庸對戰陣的描寫，篇篇有司馬遷〈項羽本紀〉馬上激殺的悲壯。金庸第一部小說《書劍恩仇錄》便見兩陣交會兵的描述，繼之《射鵰英雄傳》對軍旅的刻劃，尤有過之。金庸以此書成名非獨因武打寫得好，兩陣對壘的描述，令讀者大開眼界，也功不可沒。筆者在《金庸小說十談》第五章對金庸描述戰爭的文筆，有以下的看法：

他將戰場上廝殺，推到讀者眼前，帶讀者親入戰場。我們看到雄猛激壯的氣象，聽到金甲鏗鏘、萬夫爭鳴、殺聲蓋天之聲。金庸筆下劍戟如林，刀寒勝雪，刁斗森嚴，氣勢磅礴。讀之使人有一股凜冽之氣，陡然驚悚震慄，或胸懷激盪，或滿目悲涼；是閱讀其他作品時難以感受到。

說金庸小說充滿文學性，其一特色是因為作品中常常出現慈悲的筆調，在他描述戰爭時予人感受猶深。白先勇在與胡菊人的對話（載《小說技巧》頁一七八）中，說《紅樓夢》裏「像鳳姐這樣的人物，到死的時候如此淒涼，尤見曹雪芹慈悲憫人之心」。則在金庸作品之中，更容易見作者慈悲憫人之心。

人說金庸寫壞人寫得好，殊不知此乃慈悲憫人的筆調所致。他寫一些壞人（當然不是全部壞人）行奸使惡，同時也寫出他們受到逼迫、無奈的一面，寫出他們良知未泯的一面。例如無論「射鵰」中的楊康、完顏洪烈，「神鵰」中的李莫愁、慈恩和尚裘千仞，甚而反面人物如慕容復、宋青書、鄭克塽等，都有令人同情的地方。若沒有慈悲的筆調，絕不會寫得這樣深刻、這樣深入人心，也是寫不出來的。

金庸的筆端，更大的慈悲是寫人類自己製造的戰爭慘劇。

他痛斥挑起事端的野心家，妄顧生命寶貴的雄圖霸主。同時描述戰爭的可恨可怕。金庸寫壞人，有悲憫之筆，即使大奸大惡者，也見不到嚴苛的批評。但對挑起戰爭的野心家，卻有深入心髓的悲痛。筆者曾在著述《金庸小說十談》第五章談戰陣中有這樣的論述：

金庸反戰精神，實有跡可尋，他的筆墨，並非義正嚴詞、大聲疾呼的，而是疏筆淡墨、細水長流，慢慢匯成長河巨浪，波濤澎湃地打入讀者心坎之中。「書劍」中說乾隆窮兵黷武，兆惠大軍欺壓善良少數民族，自招其辱；《碧血劍》中李巖夫婦自殺收場，蒼涼無奈；「射鵰」中郭靖寧棄辭婚之請，懇求鐵木真收回屠城之令，丘處機苦口婆心，勸鐵木真止息干戈；《天龍八部》中慕容氏的醜惡，是欲再啟戰端，重奪山河，置黎民不顧；蕭峰之名列英雄榜首，乃以一己身死，阻遼漢大戰，令遼王耶律洪基悵然而歸。《鹿鼎記》中清室少主康熙之仁和，在視兵乃不祥之器，非不得已而用之，在在指出戰爭之可怕可厭。

金庸以悲天憫人的筆調寫戰爭，寫得最震撼，最深入人心的有兩場，一是《射鵰英雄傳》中成吉思汗大破花刺子模國，屠城戮殺的一幕。一是《碧血劍》中寫兵燹過後，袁承志探望李巖，見到滿目蒼涼的描繪。筆者在《金庸小說十談》同章中，對金庸寫戰爭，有這樣的感受：

金庸以細膩近鏡頭筆法，寫出戰場上戰敗者悲慘命運，淒厲絕倫、人性泯滅，不忍卒睹。當此時也，生而為人何其不幸？何其無辜？金庸對戰爭場面的描述的逼真，絲絲入扣，不單是寫出軍人豪勇、沙場上的耀武揚威，還有他那反戰精神，才使他那戰陣的描述，躍進登峰的境界。自「書劍」開始，每有戰役的描述，總是以旁筆伏下戰爭殘酷、生靈塗炭之悲，將反戰精神放在第一，以兩軍對壘，輕啟戰端，期期不可。

金庸對戰爭的感受，所帶來的悲愴，在《碧血劍》書後〈袁崇煥評傳〉的楔子中，有這樣的載錄：

在那個時代中，人人都遭到了在太平年月中所無法想像的苦難。在山東的大饑荒中，丈夫吃了妻子的屍體，母親吃了兒子的屍體，那是小人物的悲劇，他們心中的悲痛，一點也不會比英雄們輕。不過小人物只是默默的忍受，英雄們卻勇敢地奮戰了一場，在歷史上留下了痕跡。英雄的尊嚴與偉烈，經過了無數時日之後，仍在後人心中激起波瀾。

我們相信，只有帶著悲憫的心懷，筆端下才可以展露如此高尚的情操。這種文學作品的筆墨，是評論者毋庸置疑的。

第十章　語言遣詞與文采

金庸小說寫得精彩，無論橋段人物的設計、寫作的技巧、都有突破性的成就。但其實最重要的，是金庸駕馭文字的功力。

當代最優秀的白話文

金庸筆下若沒有出色的文字，小說的價值及可讀性一定大打折扣，也一定沒有今天所受到的歡迎。光以娛樂性、思想界域廣闊無垠而論，還珠樓主的《蜀山》系列絕不比金庸小說遜色，對某些讀者而言可能愛之猶甚。但今日，金庸小說已把前者拋得遠遠。其中主要原因，是還珠樓主的文字和金庸的文字，優美之處相差一個明顯的距離。

金庸小說的文字有什麼特色呢？且看一些專家學者的意見。王一川說[1]：

閱讀金庸無法迴避金庸的特殊漢語組織。金庸善於調動對話與獨白、陳述與轉述、方言與書面語、口語與俗語等多種語言形式去敍述故事、刻劃性格、渲染出通俗娛樂效果；同時，這些語言本身又在成功的表現中顯示出動人的形象魅力。

胡小偉說金庸小說的語言，正是「新文學運動」的繼續實踐，為全球華人閱讀圈所接受[2]。

李陀說金庸無疑是在一股語言潮流中最光彩者、集大成者。在他手中形成了一種成熟的特殊白話文。甚至不妨稱之為「金氏的白話文」[3]。這些作家對金庸小說中行文語法頗有「驚為天人」之概，卻沒有說出什麼原因。劉再復在他的文章中說得具體一點[4]：

> 金庸著作與我們熟悉的五四以來的作家很不同。他的寫作處在很多領域的交叉點，……。金庸的寫作則明顯與五四以來的主流文學傳統相異。其寫作的語言不僅歐化的成分十分有限，而且與古代經典的散文語言和宋以降的話本小說語言有更多血肉的聯繫。

1 王一川〈文化虛根時段的想像性認同〉，載吳曉東《二〇〇〇北京金庸小說國際研討會論文集》；北京：北京大學出版社，二〇〇二年，頁四七。

2 胡小偉〈雅俗金庸〉，載吳曉東《二〇〇〇北京金庸小說國際研討會論文集》；北京：北京大學出版社，二〇〇二年，頁一六四。

3 李陀〈一個偉大寫作傳說的復活〉，載李以建《金庸小說與二十世紀中國文學論文集》；香港：明河社出版有限公司，二〇〇〇年，頁三一。

4 劉再復《金庸小說與二十世紀中國文學論文集》之〈序〉；香港：明河社出版有限公司，二〇〇〇年，頁三。

劉再復在同文中並說「五四之後形成的白話文，是只有白話而沒有中國文言寫作中獨有的文采。而金庸則摸索到一條將白話和『文』相當完美結合的路子」。劉再復在另文中對五四以來的白話文的發展有更深入的描述[5]：

> 五四文學革命所造成的並不是普遍意義的白話文，而是新體的白話文。[6]它與當時的啟蒙思潮有密切的關係。大量意譯或音譯新詞，歐化的語句表達，新思潮的價值觀，構成這種新體白話文明顯的特徵。都稱為白話文，而文壇上存在的是兩種不同的白話文、本土文學傳統所造就的是道地的白話文；新文學傳統造就的是歐化的白話文。……
>
> 就算是提倡新文學的人，也不能滿意新文學在白話文問題上的表現。

嚴家炎對二十世紀文學文字變革，有相近的看法[7]：

> 如果平心靜氣看二十世紀初文學的變革，就會看到，由於社會變化和外來文學影響，中國文學正逐步分裂為兩種不同的文學流派：一種是佔據舞台中心位置的「五四」文學革命催生的「新文學」；一種是保留中國文學傳統形式但富有新質的本土文學「新文學」以

啟蒙意識、外來文學的形式、歐化的白話文為其核心因素。……另一種文學、即植根於古代文學悠長傳統的那部分文學也在發生緩慢的蛻變。……而金庸則是直接承繼本土文學的傳統、並且在新的環境下集其大成、將它發揚光大。

嚴家炎在同書中，表示了對金庸小說文字的看法[8]：

在小說語言上，金庸吸取新文學的某些長處，扎根於本土傳統文學中、較多承繼了宋元以來的白話文乃至淺近文言的特點。

兩位學者所言，才使人想到原來「五四」之後，文學作品的文字運用分成兩路，是接受西

5 劉再復〈金庸小說在二十世紀中國文學史的地位〉，載李以建《金庸小說與二十世紀中國文學論文集》；香港：明河社出版有限公司，二〇〇〇年，頁二十。

6 劉再復〈金庸小說在二十世紀中國文學史的地位〉。文中劉再復指出白話文源遠流長，宋元時代起中國已有白話文學傳統，所說「新體白話文」是指五四運動後出現的白話文。

7 嚴家炎《金庸小說論稿》；北京：北京大學出版社，一九九九年，頁二〇四。

8 嚴家炎《金庸小說論稿》；北京：北京大學出版社，一九九九年，頁二〇六。

化的「新文學」和改進的「本土白話」兩路。前者受西方影響甚深，愛用歐化句語。今天看來，行文切忌歐化句語，他們似乎走了迂迴之路。

胡菊人與白先勇談論五四文學時說[9]、五四之時中國受到西方衝擊，盲目西化，寫的東西根本不是生活的語言，用了西方的文法。他的看法和劉、嚴兩人大概一致。

思兼在他的文章中說金庸小說吸引，有三大原因。一是人物有個性，其次是情節精彩。最後是文字漂亮。他說[10]：

> 金庸的文筆，富有感染力的磁力，溫潤典雅之中而又有行雲流水之趣，乾淨俐落而練達柔順，幾達珠圓玉潤之境，令讀者愛不忍釋。

「愛不忍釋」，說出了金庸小說最成功之處。因為只有愛不忍釋，才使人有讀得如癡如醉，再三重讀的興趣。其實情節無論如何精彩，第一次看最有吸引力。看第二次以後便大打折扣。金庸小說能吸引讀者手不釋卷，再三再四重閱，實在由於文字魅力之故。其他的武俠小說讀者讀了一遍便不想再看，便是文字不及金庸小說優美所致。

金庸小說的文字，究竟怎樣好呢？簡單而言只有八個字，便是「簡潔精煉，深刻動人」。

要文字簡潔精煉，深刻動人，許多作家便辦不到。金庸又何只致之？金庸在一次座談訪問中說[11]：

> 至於文字的問題，很難講受什麼書的影響，是自然形成的。譬如我讀《資治通鑒》，當然興味盎然，古文的簡潔高雅，其文字之美，一直是我希望學到的。當然還差得很遠。

原來金庸在追求文字的「簡潔高雅」，並以《資治通鑒》的文字為本。當然，武俠小說不能寫文言，要寫白話文。金庸小說的文字被指「與古代經典散文語言和宋以降的話本小說語言有更多的血肉的聯繫」，和「承繼了宋元以來白話文乃至淺近文言的特點」，是因為金庸有深厚的古文根基，行文既不會出現歐化的句子，而且所寫的白話文一如文言文的簡潔有力，暢所欲言。金庸小說的文句結構是白話文，而用詞用字卻高雅鮮明，受古文影響極深。李陀說「金

9 胡菊人《小說技巧》；台北：遠景出版事業公司，一九七八年，頁二〇一。
10 思兼〈俠骨柔情話金庸〉，載沈登恩《諸子百家看金庸．第三輯》；台北：遠景出版事業公司，一九八五年，頁九三。
11 劉曉梅〈文人論武〉，載沈登恩《諸子百家看金庸．第三輯》；台北：遠景出版事業公司，一九八五年，頁一五五。

氏白話文」，其特色實是以白話文組織的文句，而選用古雅的詞彙，恰到好處，使文章讀來更恬暢，更動人。這便是金庸駕馭文字高明的原因。金庸小說的文字運用出色，即以《笑傲江湖》卷首為例[12]：

和風薰柳，花香醉人，正是南國春光漫爛季節。福建省福州府西門大街，青石板路筆直的伸展出去，直通西門。一座建構宏偉的宅第之前，左右兩座石壇中各豎一根兩丈來高的旗桿，桿頂飄揚青旗。右首旗上黃色絲線繡著一頭張牙舞爪、神態威猛的雄獅，旗子隨風招展，顯得雄獅更奕奕若生。雄獅頭頂有一對黑絲線繡的蝙蝠展翅飛翔。左首旗上繡著「福威鏢局」四個黑字，銀鈎鐵劃，剛勁非凡。

上面短短一段文字，用詞看來平平無奇，但卻難以用另詞更替。例如「和風」、「醉人」、「建構」、「飄揚」、「招展」、「展翅」、「剛勁非凡」等等，卻很難找到更適合、更美好貼切的詞語代替。金庸小說中的用字遣詞，往往在不知不覺間顯出深湛的文字功力，而造成文章的文采。金庸在修訂作品之時，也對用詞十分重視。他曾這樣表示[13]：

我所設法避免的，只是一般太現代化的詞語，如「思考」、「動機」、「問題」、「影響」、「目的」、「廣泛」等等。「所以」用「因此」或「是以」代替，「普通」用「尋常」代替，「速度」用「快慢」代替，「現在」用「現今」、「現下」、「目下」、「眼前」、「此刻」、「方今」代替等等。

這些用詞精微之處，許多作家都會忽略。偏偏便受到金庸的重視。從中可見金庸對文字運用的功夫，亦反映出金庸要把小說變成一流文學作品的心態。金庸小說中文句用詞精到，俯拾即是，精妙之處幾至無可另詞代替。

文筆精煉　文詞高雅

金庸小說行文優美，除了作者文學修養到家外，他的藝術修養也是令小說文采斐然的原

12《笑傲江湖》第一回；香港：明河社出版有限公司，一九八〇年，頁一。
13《射鵰英雄傳》；香港：明河社出版有限公司，一九七六年，後記。

因，試讀下段文字[14]：

秦箏本就聲調酸楚激越，他這西域鐵箏聲音更是淒厲。郭靖不懂音樂，但這箏聲每一音都和他心跳相一致。鐵箏響一聲，他心一跳，箏聲漸快，自己心跳也逐漸加劇，只感胸口怦怦而動，極不舒暢。

……只聽得箏聲漸急，到後來猶如金鼓齊鳴、萬馬奔騰一般，驀地裏柔韻細細，一縷簫聲幽幽的混入了箏音之中，郭靖只感心中一蕩，臉上發熱，忙又鎮懾心神。鐵箏聲音雖響，始終掩沒不了簫聲，雙聲雜作，音調怪異之極。鐵箏猶似巫峽猿啼、子夜鬼哭，玉簫恰如崑崗鳳鳴，深閨私語。一個極盡慘厲淒切，一個卻是柔媚宛轉。此高彼低，彼進此退，互不相下。

……這時發嘯之人已近在身旁樹林之中，嘯聲忽高忽低，時而如龍吟獅吼，時而如狼嗥梟鳴，或若長風振林，或若微雨濕花，極盡千變萬化之致。簫聲清亮，箏聲淒厲，卻也各呈妙音，絲毫不落下風。三般聲音糾纏在一起，鬥得難解難分。

上文數百字引自「射鵰」桃花島上，東邪西毒，北丐三位武術高手以聲響交鋒，文筆美妙，生動精彩。三種聲音相搏，各擅勝場，歎為觀止。文中藝術意境高遠超逸，正表現出作者在這方面的修養。

小說中若有年青男女邂逅，許多作者都刻意描繪，尤其是寫少男對少女的第一個印象，都會十分刻意。試比較下面兩段小說中的文字：

莊門緩緩打開，張丹楓眼睛一亮，只見面前立著一位少女，眼珠淡碧，容光煥發，有江南少女的秀氣，也有北地胭脂的健美，張丹楓怔了一怔，心道：「雲蕾之美如芝蘭百合，此女之美則如玫瑰芙蓉。若然並立，想必難分軒輊。」正欲開言，只見那少女嫣然一笑，說道：「這位相公就是來遊山的那位相公嗎？爹爹已對我說了，請你進去。」[15]

***　***　***

那少女道：「昨晚烏雲蔽天，未見月色，今宵雲散天青，可好得多了。」聲音嬌媚清脆，但說話時眼望天空，竟沒向他瞧上一眼。張翠山道：「不敢請問姑娘尊姓。」那少女

14《射鵰英雄傳》第十八回；香港：明河社出版有限公司，一九七六年，頁七一六。

15 梁羽生《萍蹤俠影錄》第十七回；香港：偉青書店，頁四五。

> 突然轉過頭來，兩道清澈明亮的眼光在他臉上滾了兩轉，並不答話。張翠山見她清麗不可方物，為此容光所逼，登覺自慚，不敢再說什麼，轉身躍上江岸，發足往來路奔回。
>
> 奔出十餘丈，陡然停步，……側頭迴望，只見那少女所坐的江船沿著錢塘江順流緩緩而下，兩盞碧紗燈照映江面，張翠山一時心意難定，在岸邊信步而行。
>
> 人在岸上，舟在江中，一人一舟並肩而下。那少女仍是抱膝坐在船頭，望著天邊新昇的眉月。[16]

兩段文字都是乍遇美人，前段引自與金庸齊名梁羽生的《萍蹤俠影錄》，說張丹楓初見澹台鏡明，深感其豔色。後段引自《倚天屠龍記》，寫張翠山初見穿上女裝的殷素素，同樣為其美色吸引。金庸把殷素素寫得聲容並茂，氣度不群。而寫張翠山為豔光所懾，自慚而未能處之泰然，箇中情景刻劃入微。金庸再借江上風光彩烘托，情景令人欲醉。這段優美的文字，令人再三咀嚼，亦有餘韻。比較起來，前文雖然下筆頗見用心，仍不免淺露浮白，未有特別吸引人之處。

金庸小說的文字深得讀者喜愛，不少人譽之為當代最善用中文的作家，不知是否過譽。但金庸駕馭文字的能力，句語暢所欲言，撫人心竅，用詞典雅深淳，鍾煉精妙，使金著中不乏優美文筆佳章。而同一種情景，竟然可以寫出絕不相同的況味來，試比較列兩段引文：

丁璫笑咪咪的向石破天橫了一眼，突然滿臉紅暈，提起竹篙，在橋墩上輕輕一點，小船穿過橋洞，直盪了出去。石破天想問：「到你家裏去？」但心中疑團實在太多，話到口邊，又縮了回去。

小河如青緞帶子般，在月色下閃閃發光，丁璫竹篙刺入水中，激起一團團漪漣，小船在青緞上平平滑了過去。有時河旁水草擦上船舷，發出低語般的沙沙聲，岸上柳枝垂了下來，拂過丁璫和石破天的頭髮，像是柔軟的手掌撫摸他二人的頭頂。良夜寂寂，花香幽幽，石破天只當是又入了夢境。

小船穿過一個橋洞，又是一個橋洞，曲曲折折的行了良久，來到一處白石砌成的石級之旁。丁璫拾起船纜拋出，纜上繩圈套住了石級上的一根木樁。她掩嘴向石破天一笑，縱身上了石級。丁不三笑道：「今日你是嬌客，請，請！」[17]

16《倚天屠龍記》第五章；香港：明河社出版有限公司，一九七六年，頁一五三至一五四。
17《俠客行》第六回；香港：明河社出版有限公司，一九七七年，頁一六五。

＊＊＊　＊＊＊　＊＊＊

五人相對不語，各自想著各人的心事，波濤輕輕打著小舟，只覺清風明月，萬古常存，人生憂患，亦復如是，永無斷絕。忽然之間，一聲聲極輕柔、極縹緲的歌聲散在海上：「到頭這一身，難逃那一日。百歲光陰，七十者稀。急急流年，滔滔逝水。」卻是般離在睡夢中低聲唱著小曲。

張無忌心頭一凜，記得在光明頂上秘道之中，出口被成崑堵死，無法脫身，小昭也曾唱過這個曲子，不禁向小昭望去。月光下只見小昭正癡癡的瞧著自己。

般離唱了這幾句小曲，接著又唱起歌來，這一回的歌聲卻是說不出的詭異，和中土曲子渾不相同，細辨歌聲，辭意也和小昭所唱的相同：「來如流水兮逝如風，不知何處來兮何所終！」她翻翻覆覆唱著這兩句曲子，越唱越低，終於歌聲隨著水聲風聲，消沒無蹤。

各人想到生死無常，一人飄飄入世，實如江河流水，不知來自何處，不論你如何英雄豪傑，到頭來終於不免一死，飄飄出世，又如清風不知吹向何處。張無忌只覺掌裏趙敏的纖指寒冷如冰，微微顫動。[18]

前段月夜是丁璫和石破天月夜泛舟。江南水鄉之中、月明風清之夜、鬟鬟少女之旁、笑語盈盈之前，何啻詩情畫意的神仙境界。後段同樣寫月夜下泛舟，卻是淒迷萬狀、前路茫茫、無所依傍的境界。張無忌靜夜孤舟，興起生死無常、光陰過客、浮生著夢之歎。文字帶出的意境瀟灑空靈、滄浪感慨。這兩段文字的表現，比許多近代文藝作品尤勝多籌。其中的功力除了嚴家炎說的「吸取了西方近代文學和五四新文學的藝術經驗[19]」。應還再加上他那深厚的古文遣詞造句、雅潔高華的功力。

小說另段不像在武俠小說出現的言情之作，也寫得極為出色，可說是金庸筆下運用文字其一登峰造極之作[20]。

兩人來到房中，韋春芳反腳踢上房門，鬆手放開他辮子和耳朵。韋小寶叫道：「媽！我回來了！」韋春芳向他凝視良久，突然一把將他抱住，嗚嗚咽咽的哭了起來。韋小寶笑道：「我不是回來見你了嗎？你怎麼哭了？」韋春芳抽抽噎噎的道：「你死到那裏去了？我在揚州城裏城外找遍了你，求神拜佛，也不知許了多少願心，磕了多少頭。乖小寶，你終

18《倚天屠龍記》第二十九章；香港：明河社出版有限公司，一九七六年，頁一一九六至一一九九。
19 嚴家炎《金庸小說論稿》；北京：北京大學出版社，一九九九年，頁三十。
20《鹿鼎記》第三十九回；香港：明河社出版有限公司，一九八一年，頁一六二〇至一六二二。

於回到娘身邊了」。韋小寶笑道：「我又不是小孩子了，到外面逛逛，你不用擔心。」

韋春芳淚眼模糊，見兒子長得高了，人也粗壯了，心下一陣歡喜，又哭了起來，罵道：「你這小王八蛋，到外面逛，也不給娘說一聲，去了這麼久，這一次不狠狠給你吃一頓筍炒肉，小王八蛋不知道老娘的厲害。」所謂「筍炒肉」，乃是以毛竹板打屁股，韋小寶不吃已久，聽了忍不住好笑。韋春芳也笑了起來，摸出手帕，給他擦去臉上泥污；擦得幾擦，一低頭，見到自己一件緞子新衫的前襟上又是眼淚，又是鼻涕，還染了兒子臉上的許多炭灰，不由得肉痛起來，拍的一聲，重重打了他一個耳光，罵道：「我就是這一件新衣，還是大前年過年縫的，也沒穿過幾次。小王八蛋，你一回來也不幹好事，就弄髒了老娘的新衣，叫我怎麼去陪客人？」

韋小寶見母親愛惜新衣，鬧得紅了臉，怒氣勃發，笑道：「媽，你不用可惜。明兒我給你去縫一百套新衣，比這件好過十倍的。」韋春芳怒道：「小王八蛋就會吹牛，你有個屁本事？瞧你這副德性，在外邊還能發了財回來麼？」韋小寶道：「財是沒發到，不過賭錢手氣好，贏了些銀子。」

韋春芳對兒子賭錢作弊的本事倒有三分信心，攤開手掌，說道：「拿來！你身邊存不了錢，過不了半個時辰，又去花個乾淨。」韋小寶笑道：「這一次我贏得太多，說什麼也花不了。」韋春芳提起手掌，又是一個耳光打過去。韋小寶一低頭，讓了開去，心道：「一見到我伸手就打的，北有公主，南有老娘。」伸手入懷，正要去取銀子，外邊龜奴叫道：「春芳，客人叫你，快去！」

韋春芳道：「來了！」到桌上鏡箱豎起的鏡子前一照，匆匆補了些脂粉，說道：「你給我躺在這裏，老娘回來要好好審你，你……你可別走！」韋小寶見母親眼中充滿擔憂的神色，生怕自己又走得不知去向，笑道：「我不走，你放心！」韋春芳罵了聲「小王八蛋」，臉有喜色，揮揮衣衫，走了出去。

上段文字，寫《鹿鼎記》中韋小寶榮歸故里，母子親情的一章。這段感性文字功力深厚，已無稜角可尋。在溫馴文筆中，寫出年華老去的妓女為弄污新衣而怒的可哀，寫出慈母之心、孺子之孝的光芒。韋春芳愛子之心，一言一動都恰如其分，恰到好處。讀者也在不自覺中沾得母愛慈惠。機靈狡智的韋小寶在浮猾行狀中，也不難使人感到他對母親的摯誠摯愛。全文深情洋溢、筆調親切，卻像和風細雨、美酒深醇、不慍不火，正是金庸駕馭文字功力的上佳表現。

金庸寫情寫意的文筆好，寫廝殺衝鋒陷陣的文筆則激盪情懷。金庸寫行軍、寫戰陣之佳，鮮有人提及。金庸第一部小說《書劍恩仇錄》便有兩陣交兵的描述，氣勢已躍然紙上。繼之

《射鵰英雄傳》，對軍旅的描述，尤有過之。小說中把戰場上廝殺，推到讀者眼前，恍如把讀者帶到戰場。讀者可以看到雄猛激壯的氣象，聽到金甲鏗鏘、萬夫爭鳴、殺聲蓋天之聲。作者筆下軍旅森嚴、刀寒似水。千軍萬馬、刁斗森嚴、氣勢磅礴。讀之使人有一股凜冽之氣，陡然驚悚震慄，或胸懷激蕩、或滿目悲涼。金庸寫戰陣，篇篇都有司馬遷〈項羽本紀〉馬上激殺的悲壯。小說中寫古戰場對陣的出色描述，至今仍難以找到比擬者。

金庸小說中，除了「書劍」和「射鵰」外，《碧血劍》、《神鵰俠侶》、《天龍八部》、《鹿鼎記》都有或輕或重的戰陣描寫。除了兩軍對壘外，破城屠城、亂軍搶掠的情景也寫得極其真切。金庸文筆可取之處乃不單寫軍人豪勇，而是寫出人道主義的反戰精神。自「書劍」開始，每有戰役的描述，總以旁筆伏下戰爭殘酷、生靈塗炭之悲。將文字的表象昇華，叫人深思反省，在在顯出文字的力量，令人心折。

語言鮮活　神韻多姿

語言，是構成小說的重要部分。金庸小說中的對白也寫得認真而出色。雖然故事都是幾百年前宋元明清社會，時人說話的語態，還是作者想像的。一位讀者曾當面向金庸說「查先生的小說中某人罵某人『神經病』，這個用法就是古人未有的」。金庸聽了，立即表示「這倒要改過來」。[21]究竟金庸設計小說中人的對白，有什麼準則呢？金庸說[22]：

現代小說很久以來一直都是採用西洋形式、表現方法、結構安排、幾乎全部是西洋的，除了武俠小說，中國章回、傳奇小說的形式，可以說留下的很少。創作武俠小說必須注意到這點，在語言方面，盡量保持古代型式，在情感方面，也要合乎中國的寫實風格。

語言反映人物的性格、帶動情節以推展，豐潤小說的生命，在不知不覺中把讀者引入故事之中。作者當然不會忽略語言的運用。同一句話、同一樣的訊息，人物身分不同、教養不同、心情不同、時態不同，都有不同的表達方式。什麼的對白最難寫呢？有經驗的作家都知道，令人發噱諧笑的對白最難寫。金庸小說中出現最多諧笑的對白是《鹿鼎記》韋小寶的言語。很

21 于磬〈赤子衷腸俠客行〉，載沈登恩《諸子百家看金庸．第四輯》；台北：遠景出版事業公司，一九八五年，頁六五。

22 于磬〈赤子衷腸俠客行〉，載沈登恩《諸子百家看金庸．第四輯》；台北：遠景出版事業公司，一九八五年，頁六七。

多時候都會令人忍俊不禁，從中可見作者金庸對語言運用的掌握。「笑傲」中諧謔對白也很精彩[23]。桃谷六仙的胡混，惹人發噱：

眾人轟笑聲中，桃枝仙大聲道：「照啊，我們並沒說謊，是不是？後來定閒師太又道：『五派合併，掌門人只有一個，他桃谷六仙共有六人，卻是請誰來當的好？』兄弟，定靜師太卻怎麼說啊？」桃花仙道：「這個……嗯，是了，定靜師太說道：『五派雖然併而為一，但泰山、衡山、華山、恆山、嵩山這東南西北中五嶽，卻是併不到一塊的。左冷禪又不是玉皇大帝，難道他還能將五座大山搬在一起嗎？請桃谷六仙中的五兄弟分駐五山，賸下一個做總掌門也就是了。』」桃葉仙道：「不錯！定逸師太便說：『師妹此見甚是。原來桃谷六仙的父母當年甚有先見，知道日後左冷禪要合併五嶽劍派，因此生下他六個兄弟來，既不是五個，又不是七個，佩服啊佩服！』」群雄一聽，登時笑聲震天。

……桃枝仙道：「可是殺害定閒師太她們三位的，卻在五嶽劍派之中，依我看來，多半是個若非姓左、便是姓右之人，又或是不左不右、姓中的人，如果令狐沖加入了五嶽派，和這個姓左姓右又或姓中之人，變成了同門師兄弟，如何還可動刀動槍，為定閒師太報仇？」……

左冷禪冷冷的道：「六位說話真多，在這嵩山絕頂放言高論，將天下英雄視若無物，讓別人也來說幾句話行不行？」桃花仙道：「行，行，為什麼不行？有話請說，有屁請放。」他說了這「有屁請放」四字，一時之間，封禪台下一片寂靜，誰也沒有出聲，免得一開口就變成放屁。……

上文是《笑傲江湖》中桃谷六仙大鬧封禪台，遏阻左冷禪做霸主，言詞令人拍案叫絕。因為先是左冷禪做死人的謠，說恆山派三尼生前贊成併派。桃谷六仙也依樣葫蘆，但補上一句，是推崇他們自己做掌門，以子之矛，攻子之盾，把左冷禪氣得呱呱叫。此中言語妙趣橫生。

另一情況是把言語運用得好，可以把別人扣著，把因果倒置而成構陷之詞，金庸也編寫得極為出色[24]。

韋小寶歎了口氣，搖了搖頭，說道：「陸先生，你自以為聰明能幹，卻那裏及得了教

---

23 《笑傲江湖》第三十二回；香港：明河社出版有限公司，一九八〇年，頁一三三二至一三四五。

24 《鹿鼎記》第三十五回；香港：明河社出版有限公司，一九八一年，頁一四六四至一四七〇。

主和夫人的萬一？我跟你說，你錯了，只有教主和夫人才永遠是對的。」陸高軒怒道：「你胡……」……韋小寶道：「你說我胡說？我說你錯了，只有教主和夫人才永遠是對的，你不服氣？難道教主和夫人永遠不對，只有你陸先生才永遠是對的？」

＊＊＊　＊＊＊　＊＊＊

韋小寶道：「你說……教主的鬍子給人拔光了，給倒吊著掛在樹上，已有三天三晚沒喝水，沒吃飯。這些說話，你現今當然不肯認了，是不是？」

＊＊＊　＊＊＊　＊＊＊

韋小寶道：「你說青龍使給人殺了，是不是？」瘦頭陀道：「是，是教主吩咐要我這般騙你的。」韋小寶道：「教主叫你跟我開個玩笑，也是有的。可是你說教主為了報仇，殺了青龍使和赤龍使。教主大公無私，大仁大義，決不會對屬下記恨！」他說一句，瘦頭陀便叫一句「假的！」……韋小寶道：「教主大公無私。」瘦頭陀道：「假的！」韋小寶道：「大仁大義！」瘦頭陀叫道：「假的！」韋小寶道：「決不會對屬下記恨報仇。」瘦頭陀道：「假的！」

作者藉韋小寶口中，寫出機靈鮮活的語言，在拙作《金庸小說十談》第八章有這樣的評說：

韋小寶的口舌便給，言語嫁禍是設問先真後假，對方盛氣而答，往往中了圈套，第一則最後加上一句，「只有教主和夫人才永遠是對的」。是用來構陷對方之詞，因為他早預知陸高軒會說他「胡說」，於是在陸高軒一句胡說否定句中，教主和夫人是對的也一併是胡說了。可見作者在句語運用設計之精到。第二則厲害的話也是最末一句：「你現今當然不肯認了，是不是？」言下之意是此情此景之下對方不會承認，焦點落在「現今」二字上，將事實之是與非架開，無論對方否認或肯定，總之自己講的都是事實。這招更是高明。第三則韋小寶對手是個心思粗疏的瘦頭陀，一切答案早在韋小寶預料之中，韋小寶愈把教主捧場，瘦頭陀便愈將教主踐踏。到發覺的時候已言由口出，收也收不及，自然倒楣。其實讀者均知設計語言的不是韋小寶而是作者金庸。展露出金掌握運用言語的功力。

在《笑傲江湖》中，金庸替偽君子岳不群編寫了一段「至誠」虛偽的話，真叫人大開眼界[25]。

岳不群走到台邊，拱手說道：「在下與左師兄比武較藝，原盼點到為止。但左師兄武功太高，震去了在下手中長劍，危急之際，在下但求自保，下手失了分寸，以致左師兄雙目受損，在下心中好生不安。咱們當尋訪名醫，為左師兄治療。」

《金庸小說十談》第八章中，對這樣精厲的言語，有以下的看法：

這一番話，對傷害對手極為負疚，抱歉之至，但解釋形勢又不得不如此，最後竟說要替對方聘名醫治理，一片殷誠，充滿言詞之間。但事實讀者均知全非這樣；就在一瞬之前，二人捨命相撲，用盡最卑下手段，必除對方而後快。在打倒對手後竟說出這番話來，偽君子之偽，已顯露無遺。試想假若某人進比武場稍遲，見不著二人相鬥，一定覺得岳不群是個謙謙君子，仁愛大度。被他一番犀利言詞矇騙過去了。可見言詞運用之妙，竟已至此。而金庸言詞運用之精到，亦已至於此！

金庸小說之中，語言精妙之處，俯拾皆是。除了有助表達內容外，妙語令人啼笑皆非。也有一些清新雋永、不乏哲理之句。甚至有時且加入方言，如「天龍」中姑蘇慕容氏家婢阿碧之蘇州語等。

金庸小說中語言對白，或寫得恰如其分，或精彩萬分，但整體而言，非無可議之處，便是書中話語修飾成分頗重，沒理由小說中幾百個人物的說話都這麼恰當，實與生活有距離，也許大醇小疵，惟無礙閱讀時的感受。

25 《笑傲江湖》第三十四回。

第十一章　俠義精神與五倫關係

金庸寫武俠小說，志在娛己娛人。但以文言志，總是文人的性格。金庸在武俠小說想說什麼呢？他在訪問中說：

當然武俠小說本身是娛樂性的東西，但我希望它多少有點人生哲理或個人的思想，通過小說可以表現一些自己對社會的看法。[1]

＊＊＊

武俠小說通常有兩個主題：一是鬥爭、二是愛情。這兩個主題都是年輕人喜歡的。[2]

＊＊＊

武俠小說中「正義伸張」是必要的，如果正義不伸張，讀者覺得不過癮，道德意味也太差了。[3]

＊＊＊

我最喜歡寫的人物是在艱苦的環境下仍不屈不撓、忍辱負重、排除萬難、繼續奮鬥的人物。[4]

情、義和武功是近代武俠小說三大重要元素。當代三大武俠小說名家，金庸、梁羽生和古龍的小說，寫愛情的篇幅便不少。金庸說的兩個主題：愛情和鬥爭，鬥爭中便包括情義和武功。

中國人的俠與俠義

什麼是義呢？義，事之宜也。指公正得宜的言行，是處事的一種態度。要細意分辨，也有多種不同之義，如朋友之義、主僕之義、君臣之義等。中華民族向來重視義，無論正義、忠義、俠義都被視為高尚的品德，受到推崇與敬仰。武俠小說中要談的是俠義。

金庸在小說中愛寫男主角的艱辛成長，寫不屈不撓精神，寫正義寫俠義。

1 王力行〈新闢文學一戶牖〉，載沈登恩《諸子百家看金庸．第三輯》；台北：遠景出版事業公司，一九八五年，頁一二一。

2 盧玉瑩〈訪問金庸〉，載沈登恩《諸子百家看金庸．第三輯》；台北：遠景出版事業公司，一九八五年，頁二五。

3 王力行〈新闢文學一戶牖〉，載沈登恩《諸子百家看金庸．第三輯》；台北：遠景出版事業公司，一九八五年，頁一二八。

4 陳雨航〈如椽飛筆渡江湖〉，載沈登恩《諸子百家看金庸．第三輯》；台北：遠景出版事業公司，一九八五年，頁一三八。

武俠小說源自豪俠小說，豪俠的行徑便是義。余英時在〈俠與中國文化〉[5]對中國文化中產生俠的表現有詳盡的釋述。大抵可稱為俠，都是豪勇之士，卻並非都是武藝高強之輩。司馬遷《史記．游俠列傳》說：

今游俠，其行雖不軌於正義，然其言必信，其行必果，已諾必誠，不愛其軀，赴士之厄困，既已存亡死生矣，而不矜其能，羞伐其德。蓋亦有足多者焉。

余英時指上述關於「俠」的描寫，不但抓住古代「俠」的真精神，也為後世仰慕「俠」行的人樹立了楷模[6]。俠除了豪勇之外，重諾言，輕生死也是重要的因素。金庸也寫了一篇「說俠」[7]，他說：

理想的中國之俠內容不難界定：那是社會上一些膽氣粗豪，不受法律規範的人物（通常是武人），見到不正義，不公道的事，往往不顧自己生命危險而出來幫助受害之人，目的在於伸張正義而不是謀取自身利益。

金庸在同文中指出中國之俠，各代頗有不同。春秋戰國四公子時代的俠，不過為大人賣命的武士。漢朝的游俠，已頗有獨立人格。三國魏晉之俠，多聚眾自保，不大像俠士而成為甲士。隋唐之俠，多先為盜，再做義軍領袖，清初之俠主要是反清復明的志士。

武俠小說中的俠，偏近游俠的風格氣質。在〈說俠〉中，金庸指出陳世驤認為游俠的「游」字指游離，劉若愚則認為指游蕩。他自己認為游俠的「游」，大概兼有游離與游蕩的兩義[8]。在金庸諸部著述中，金庸認為幫助人越多，越是大俠，所以郭靖說「為國為民，俠之大者」[9]。郭靖為國為民，佩稱大俠之號。在金庸諸部著述中，寫俠義的行為不少，但好些俠士好像為行俠而生存。寫俠氣寫得最好而具真實生活感的反而是較少人談論《飛狐外傳》中的胡斐。作者說[10]：

5　余英時〈俠與中國文化〉，載劉紹銘《武俠小說論卷》；香港：明河社出版有限公司，一九九八年，頁四。

6　余英時〈俠與中國文化〉，載劉紹銘《武俠小說論卷》；香港：明河社出版有限公司，一九九八年，頁四。

7　劉紹銘《武俠小說論卷》；香港：明河社出版有限公司，一九九八年，頁一〇四。

8　劉紹銘《武俠小說論卷》；香港：明河社出版有限公司，一九九八年，頁一〇四。

9　劉紹銘《武俠小說論卷》；香港：明河社出版有限公司，一九九八年，頁一〇四。

10　《飛狐外傳》後記。

我企圖在本書中寫一個急人之難、行俠仗義的俠士。武俠小說中真正寫俠士的其實並不很多，大多數主角的所作所為，主要是武而不是俠。

孟子說：「富貴不能淫，貧賤不能移，威武不能屈，此之謂大丈夫。」武俠人物對富貴貧賤並不放在心上，更加不屈於威武，這大丈夫的三條標準，他們都不難做到。在本書之中，我想給胡斐增加一些要求，要他「不為美色所動，不為哀懇所動，不為面子所動」。……江湖上最講究面子和義氣，……不給人面子恐怕是英雄好漢最難做到的事。胡斐所以如此，只不過為了鍾阿四一家四口，而他跟鍾阿四素不相識，沒一點交情。

胡斐的俠義行為，為毫無關係的人冒險犯難，毫無交情卻義助出力申雪，始終如一，看來比其他英雄好漢的境界更高。在同書中，另一人是帶大胡斐的平四叔，不懂武功，卻是義膽的好漢。俠義的精神，在平四叔身上亦表現無遺。平四叔守信重諾，不愛其軀，輕生死利害，從不考慮報償，貫徹始終，也具最光彩和值得敬仰的俠義精神。

劉若愚說「俠是天生的，與個人家世無關」[11]。金庸卻認為社會的後天影響很大，一個人的個性受先天遺傳，也受教育、社會和家庭影響，很難說哪一種比較大[12]。

在中國文化中，兩者所說實各有其是。大抵俠客、俠士個人的氣質是先天性的多；而俠義行為的舉措，卻極有可能受教育、社會、家庭和環境的影響。有些平凡的人不是俠士，但一生之中卻可能作出一兩宗俠義的行為，例如幫助捉捕歹徒，臨危救急等義舉，相信許多個別俠義的行為，還會在社會中不斷出現。

武俠小說中對俠義的描述，受到讀者的讚賞，提高閱讀者的情操，闡揚我國文化美德，加深對俠義的認識，十分重要。金庸小說中不乏俠義精神，表揚俠義精神，把小說的內涵豐富了，造成小說中其一的重要價值。

五倫與親情

金庸小說面世以來廣受讀者歡迎，享譽不衰，能夠從消閒的文章而踏進文學殿堂，在書海中脫穎而出，自然有許多因素。不過，若要簡單的說出癥結所在，可以歸納為一句話：便是人

11 王力行〈新闢文學一戶牖〉，載沈登恩《諸子百家看金庸·第三輯》；台北：遠景出版事業公司，一九八五年，頁一二七。

12 王力行〈新闢文學一戶牖〉，載沈登恩《諸子百家看金庸·第三輯》；台北：遠景出版事業公司，一九八五年，頁一二七。

性寫得出色。

金庸寫人性的透徹，人生的際遇，都能深入人心，使人掩卷浩歎，樂於追讀之餘，啟迪神思，拓展更遼闊的思想領域。人性是永恆的，不會因時代而大有改變。中國是世界上四大文明古國之一，並且是亙古以來唯一流著古遠文化活血液的民族。中國人最重視什麼？中國社會最重視什麼？是人性中的五倫關係。

所謂五倫，便是君臣、父子、兄弟、夫婦、朋友。讓我們先談談金著中的父子關係。

金著筆下有許多對父子。令人最容易想到的有楊康、楊過，有蕭遠山、蕭峰，慕容博、慕容復，宋遠橋、宋青書，林近南、林平之，游駒、游坦之，吳三桂、吳應熊，張翠山、張無忌，胡一刀、胡斐，段正淳、段譽等許多人物。這一干人中，有父勝於子的，也有子勝於父的，而他們相處的關係又如何呢？

楊過與胡斐自幼失怙，和父親從未見過面，孤苦伶仃。蕭峰與父相處情況亦極近似，慕容氏父子終日一心只在復國，見不到父子相親。張翠山無忌少年喪父，父愛不恆，但幼年時一家在冰火島相處的日子，倒能享受到父母之愛，比上述諸人幸福。林平之、游坦之、宋青書卻生在不愁衣食的殷富之家，可是和父親的關係卻非厚摯，父親對兒子也疏於管教。林近南、游駒在生之日，兒子不過紈綺膿包一名，即使身為武當掌門的宋遠橋，個人德才（武功）俱備，但沒有好好調教資質不差的兒子宋青書，最後愛子身死蒙羞，黯然落淚。段正淳更以皇弟之尊拈花惹草，對兒子之愛，恐怕不及對情人之愛十分之一。至段譽知道生父乃段延慶之後，正是悲憤交集之時，段延慶亦飄然而去，一生所享父愛不多。至於《笑傲江湖》中矮子余滄海，派個膿包兒子去欺壓林家，結果卻一命嗚呼，最初還口口聲聲為兒子討命，後來鬥不過仇家，提也不再提，愛子之情也可想大概。金庸筆下諸色人中，反而站在歹角位置的吳三桂吳應熊父子相親相愛，關心敬候，是金著父子情殷的表表者，亦屬異數。

金著中能父慈子孝的例子真的不多，但並非沒有。「射鵰」中太湖群盜之首陸冠英便對父親陸乘風敬愛有加。陸乘風亦對兒子眷愛，將他培育成才。可是，要到楊康陷入歸雲莊中，勝盡諸人後，陸乘風迫不得已施展絕技再將楊康擒下，到了此日此時，兒子方知道父親身懷絕學，被父親瞞騙了半輩子，當時他不知有何感想。幸好陸冠英性孝馴良，不致有損父子親情。

此外，《碧血劍》中歸辛樹極愛兒子歸鍾，《俠客行》石清也極愛兒子石中玉。可是，這兩個徒有慈父的兒子半點也未能領略父愛，前者生下來便癡呆，後者襁褓之時便被人盜去，都枉費了乃父一番熱腸。

對兒子愛護而父子又相得的，是《連城訣》的萬震山萬圭父子。萬震山老奸巨猾，和師兄弟合謀刺殺業師、搶奪師門傳下的寶藏劍譜。萬圭則設計陷害大美人戚芳的青梅竹馬的師兄，再騙哄她娶之為妻，父子兩人都不是好東西。此對父子竟是臭味相投，萬圭誤會妻子戚芳別戀師弟吳坎，立即跑來和父親商量，做父親的立時為他設計殺死吳坎。可是當父子兩人誤為奪命蠍子毒所傷，父子之情又怎樣呢[13]？

萬震山痛得再難抵受，喝道：「你為什麼不砍去我雙手，除我痛楚？啊，……好獨吞劍譜，想獨自個去尋寶藏……」……

萬圭大驚，叫道：「別撕，別撕！」伸身便去搶奪。他抓住了半本劍譜，萬震山卻抓住了另一半，牢不放手。……萬圭不甘心讓這已經到手的寶藏化作過眼雲煙，忙伸手推開父親。兩人在地下你搶我奪，翻翻滾滾，將劍譜撕得更加碎了。

原來可以合謀殺人的父子之情卻敵不過寶藏發財的引誘，金庸筆下做父親的大抵都叫人失望。說也奇怪，金著中所寫慈父的筆墨不多，故事主角尤多孤兒奮鬥成材，但兒子老是惦記著父親，要為父親報仇雪恨的卻不少。楊過和胡斐是一個模子的故事，都是自幼父母雙亡，在流離孤苦中成長，童年都是受盡欺壓，吃盡苦頭，因而想到這是沒有父親蔭庇之故，因此對殺父仇人特別痛恨。為父復仇，在傳統觀念看來，是一種志氣，是難以言喻於口的美德，是孝順的一種表現。

游坦之對家對父，感情最薄，無論藝成前後，對家人世事，都顯出一派漠不關心之態，這會不會是欠缺家庭之愛而種下惡因呢？林平之則對父仇家恨最執著。因家庭橫遭逆禍，養成一種忍辱負重、堅毅不屈的性格。但最後藝成，快意恩仇之餘，過於殘忍而自招奇禍，令人浩歎。不過這也表現出他對家對父之心。最奇妙的卻是蕭遠山父子和慕容博父子。慕容復父親慕容博早年便裝死，按理父子情誼便不深厚，可是在少林寺前一戰，被迫現身，顯出父子同心禦敵的氣概，便令人不禁叫好[14]。慕容復在書中的人品人格卑劣，但對父親之誠愛，實勿庸置疑。

蕭峰是金庸筆下一等一的大英雄。他努力追尋的，是誣陷他，處處先他一步，殺死幾位武林元老的神秘人物。蕭峰恨不得把他揪出來，即時把他斃在霹靂雷霆掌風之下。可是，就在少林寺一眾英雄之前，神秘人物陡然現身，而且便是自己的親父。蕭峰非但沒有對他責難，而即時敵愾同仇，一起對付頑敵。可見父子赤誠互愛。這種父子之愛是充滿理性，卻教人遺憾的。

13《連城訣》第十一回；香港：明河社出版有限公司，一九七七年，頁三八四。
14《天龍八部》第四十三回；香港：明河社出版有限公司，一九七五年，頁一八〇四至一八一二。

慕容氏父子和蕭氏父子的子孝父慈是沒有感情基礎，而只有理性基礎。因為他是父親，所以便要敬他愛他而已。

兩對父子情，金庸都寫得令人感動，但都只是寫出父子之義，而非父子的恩情。而其他對父親常常思念牽掛的兒子，又是生命中難以和父親好好相處的兒子。可以相處的父子，關係又淡薄。

血脈之親，除了父子之外，便算到親兄弟了。武俠小説中的江湖朋友，最喜歡以兄弟相稱表示親愛，志氣相投的更結盟為兄弟，願禍福同當，可見兄弟在人倫中之可親可愛。且看金庸筆下對兄弟又怎樣描述。

金著十五部著述當中，原來説及親兄弟的實在不多。説得比較詳細一點的，要算是郭靖郭大俠的徒兒，南帝座下四大弟子漁樵耕讀的那農夫武三通兩個寶貝兒子武敦儒和武修文。兩人跟郭靖回桃花島學藝，本也相親相愛，可是年紀長大了，都鍾情於郭芙，竟然互不相讓，拚個你死我活，兄弟手足之情，都不知溜到哪裏去了。

「兩鵰」中有一對寶貝兄弟，便是裘千仞和裘千里。前者是鐵掌幫幫主鐵掌水上飄，一身功夫直迫東邪西毒，開山立寨，成獨霸一方強雄，而後者只是個裝神弄鬼騙人的武林小丑。兄弟各有各的幹活造化，兄弟親情大致上亦不會濃得怎樣。

金庸筆下最能兄弟同心的要算是《碧血劍》中石樑五老的溫方達、溫方義、溫方山、溫方施、溫方悟及早被金蛇郎君所殺的溫方祿。這石樑五老兄弟真是同心同德，同氣連枝。同樣的蠻橫陰詐，武藝高強，所以成了獨霸一方的強豪。可是偏偏先後遇上金蛇郎君和袁承志這對正邪兼備的師徒，終於落得悲慘的下場。

另一夥好兄弟是《飛狐外傳》中鄂北三雄鍾兆英、鍾兆文、鍾兆熊。三人相貌醜陋，衣著怪異，一個拿著長鐵牌，其餘拿著的是哭喪棒和招魂幡。三人亦是一方強豪，活像閻王手下勾魂使者，冷傲無情，決不是輕易相與之輩。胡斐問剛見面的苗人鳳他們是好人或是壞人，苗人鳳說他們「既不行俠仗義，又不濟貧助孤，算什麼好人？」但「並非卑鄙小人」。原來三人自成一體，我行我素。

與鄂北鍾氏三雄極相像的兄弟是「書劍」中紅花會五俠六俠的西川雙俠常赫志、常伯志（黑痣、白痣）孿生兄弟。兩人臉色蠟黃，形相可怖，是一對心狠手辣、劫富濟貧的俠盜，渾名黑無常、白無常。看來也是二人一體，我行我素，朋友不多的兄弟。

金庸筆下的親兄弟，寫得最活潑有趣的是《笑傲江湖》中的桃谷六仙。這六位寶貝武功高強，殺人手段殘忍（將人活活撕開），但心地善良，而智慧偏低。就像一群幾歲大的孩子。六人的特性都是愛自吹自擂，認為自己是天下最有本領的人。對外人時兄弟齊心，自己六個人卻爭吵不休。這六個大渾人沒有中途散夥，也沒有怨懟，總算是好兄弟。但他們同樣是沒有知心的朋友。即使算上「天龍」聚賢莊的游氏雙雄游驥游駒兄弟。在金庸數部著述中，寫及親兄弟的也實在太少。而那些兄弟友愛，同步同心的親兄弟，卻又是難以結交知心朋友，難道交不到摯友，才反使他們兄弟同心？

人與人的相處，人與人的關係，金庸寫得最好的是什麼？是情侶。金庸寫朋友、寫敵人、甚而寫君臣師徒，都比寫父子兄弟好。但以寫情侶最好。相比而言，寫夫妻便差勁了。

其實金庸寫夫妻也有精彩的，但與寫情侶的文筆之細膩，性格之迴異，欲捨難離之嗔怨，長夜空憶之悵惘，驚豔的失魂落魄，對情郎的芳心可可，都寫得輕靈痛快，撫動人心。但金庸寫夫妻，便單調直接得多，讀者聽來總不及他寫的各式各類情侶吸引。

金庸筆下的模範夫妻是胡一刀夫婦，其次是石清和閔柔。夫妻相處得最差的是公孫止裘千尺夫婦，其次是何太沖何班淑嫻。這兩對夫妻金庸就寫得精彩之極。可惜，除此之外，金庸花在寫夫妻的筆墨真的不多，而夫妻兩人相處相得的亦鳳毛麟角。其中的原因，說出來不值一哂，原來許多情深義重的情侶都做不成夫妻。從情人而結秦晉成為相親相愛夫妻的最著名莫如郭靖黃蓉。這對夫妻互相欣賞，互相敬重始終如一，而且後來誕下子女，過著幸福的家庭生活，果真人間美眷。但試問郭靖黃蓉婚前寫得精彩抑或婚後寫得精彩，令人留戀回味呢？答案不說自明。

其實金庸筆下有許多夫妻不諧，失德失敗的例子。有些甚而引起江湖的腥風血雨，悲慘仇殺，累及無辜。其中最令人同情握腕的，要算是金面佛苗人鳳的妻子南蘭要跟田歸農私奔。粗豪冷面的大漢抱著嫩如春花的女嬰，在雷霆大雨下追到莊院，正遇上私逃的妻子和情夫，該怎麼辦？該怎樣打殺勾引別人妻子的無恥漢呢？粗中帶幼的苗人鳳看到妻子對情敵一瞥戀戀的眼神而心死，不發一言昂然而去，成全了妻子的心願，寧願背負難言的悲愴過著餘生，真箇愛妻英雄，是金庸筆下失敗夫妻經典之作。

同是一方強豪，丐幫幫主馬大元的妻子。因姦情殺夫，再嫁禍蕭峰，引至後來蕭峰在聚賢莊大開殺戒，許多英雄好漢因而死於非命，可說是因為馬氏夫婦相處不諧而致。因夫妻兩人家事，惹來滔天之變，豈始料所及。此外，「倚天」中明教教主楊破天妻子婚後仍與成崑在秘道偷情，惹來徒弟謝遜之濫殺，情況亦極為相似。可見夫妻之道，極為高深，婚後怎樣縛住妻子的心，是一門不可忽略的學問。苗人鳳、馬大元、楊破天，哪一個不是響噹噹的人物？哪一個不是萬夫崇敬，權勢無儔的人物？作為他們的妻子，可說金銀富貴，要風得風，要雨得雨。可是她們要偷漢，便偷漢，要棄夫，便棄夫，何等爽快決絕。

《鹿鼎記》中洪教主有美貌賢妻洪夫人，雖然年齡相差一大截，倒是白髮紅顏，相輔相得。可是後來神龍教內亂，洪教主知道妻子懷了別人的孩子，在眾叛親離之際便要去殺她。洪夫人卻是一點也不怕，竟然引頸就戮[15]。

> 洪夫人緩緩道：「很久很久以前，我心中就在反你了。自從你逼我做你妻子那一天起，我就恨你入骨……。」
>
> ……
>
> 洪夫人低聲道：「我跟他總是夫妻一場，我把他安葬了，好不好？」語聲溫柔，竟是向韋小寶懇求准許一般。

洪夫人蘇荃當然是懷了韋小寶的孩子，洪教主和夫人兩人，原來恩愛的夫妻生活是虛假的。哪怕做丈夫的是什麼英雄權勢人物，琴瑟失調，便會造成悲劇。

金著中夫妻相得的實在不多，奇怪許多都是妻子背負丈夫的。在妻子當中，寫得令人既同情又黯然神傷的是《飛狐外傳》中的徐錚馬春花夫婦。馬春花美如春花，人見人愛，哪一個漢子見了都垂涎三尺，卻偏偏嫁了一個魯直漢子，武藝低微的徐錚。最初商家堡避雨，少堡主商寶震已大獻慇懃。後來見到貴冑福康安公子，福公子神魂顛倒之時，馬春花亦倒入福公子懷中。當時徐馬兩人未成夫婦，孽緣亦不能視作紅杏出牆。夫妻婚後共渡艱難。徐錚當然對馬春花敬愛呵護有加，本來也是一對相得的夫妻。

後來福康安手下想將馬春花迎歸王府，便對徐錚百般羞辱戲弄。當日追求者之一商寶震更在徐錚強敵如林，志氣散渙之時把他殺死。真使人想到庸漢娶美妻是一種罪過。誰料馬春花豁出性命，即時用計將兇手殺了，總算不負夫妻情義。其實馬春花未過門時已懷了福康安的孩子，徐錚絕口不提，視同己出，對妻子的愛意真心，真是皇天可鑒。

相近的夫妻是楊鐵心包惜弱夫婦，因妻子太貌美而惹來奇禍。完顏洪烈終於把包惜弱搶去，愛之護之，但他們的夫妻生活又何嘗快樂？夫妻相處，女負於男的不少，男負於女的不是沒有，箇中岳不群對夫人不真不誠，最後當然自討苦果。至於夫妻互相扶持，也算鶼鰈情深的，反而是毒手藥王弟子姜鐵山薛鵲，黃藥師弟子陳玄風梅超風夫婦。可惜這兩對夫婦都是自高自大、全無朋友的。要找情深高義、相敬相得的夫妻，在金庸作品中，實在屈指可數。

翻讀全文，金著中描述血脈相連的父子、兄弟、夫妻等家人相處的關係都教人失望。其中例外而能相處比較好的，都不是正教中人，而是反派人物或者是沒有朋友的人。這個結論真使

15 《鹿鼎記》第四十四回；香港：明河社出版有限公司，一九八一年，頁一八四二至一八四六。

人氣餒。其實論金著中對家人相處的描述，可以分兩方面說：一是他寫得多不多，二是寫得好不好。在篇幅而言，他對家人相處的描述，在比例上，真的寫得不夠多。相比之下，他寫朋友的恩義情仇與敵人的糾纏詭詐，君臣（上司下屬）的應對，情侶的追求與捨離，都比寫家人相處的描述多許多。原因是金庸所寫的始終是社會傳奇式的武俠小說，在這幾方面的著墨理應也比較多，家庭瑣事原不會出現。

探討金庸筆下的父子，兄弟、夫妻關係，結果令人感到失望。何以一家人的感情，在小說名家筆下是這樣疏淡呢？筆者認為：中國人傳統思想重視五倫，而五倫的關係有些可以選擇，有些不能選擇。父子兄弟便不能選擇，不能投契，也要維持關係，關係只能淡薄。其次，這種關係是必然的，故此若非特別原因，關係也不會特別親密。朋友的關係是可以選擇的，情侶的關係又從朋友關係衍生而來，既然可以成為朋友或者情侶，關係一定比較濃密渾厚。夫妻和君臣在古時是不能選擇的，現在卻可以選擇，所以關係好壞會因環境而異。

武俠小說是俠士劍客的故事，俠士劍客都素來不重視家室，喜歡獨來獨往，我行我素。拋子棄家，視若等閒。劉正風因決意結交摯友曲洋，弄得家業蕩然，一家人都賠上性命，視作理所當然。

宋《太平廣記》錄有豪俠篇四卷共廿五則，是描述豪俠行徑的短篇小說。箇中豪俠的五倫觀念，與金庸小說中人大致相若。他們談不上忠君愛國，對君主崇敬有限，無感帝王的威德恩寵。父母子女親情描述不多。〈賈人妻〉及〈崔慎思〉中婦人且手刃親兒。〈聶隱娘〉中聶鋒父女別後重逢已無相親之歡。此外，夫妻的描述也不見得恩情深厚。豪俠型人物更少見纏綿之情，對兄弟反而不及對朋友的重視。五倫之中，對朋友最好，凌駕在其他之上。俠義的行為多為朋友挺身而出，犧牲也在所不惜。薩孟武在《水滸傳與中國社會》中解釋得極為得當[16]：

> 流氓（相對紳士而言）生在窮人家裏，他們自呱呱墮地以來，除了母親的乳汁之外，未嘗受過祖宗的餘蔭……稍稍長大，就要幫助父母，從事各種勞動……，反之，他們討柴撈魚賣油條的時候，為了預防野獸及暴徒的來襲，則常結伴同行。這個時候朋友是他們寂寞的安慰者，又是他們生命的扶助者，到了他們長大，流浪江湖，朋友的重要更見增加……。

金庸筆下寫朋友和情侶寫得最好，而寫父子兄弟夫婦都不及，這是事實。在人性而言，由

16 薩孟武《水滸傳與中國社會》第一章第三節；台北：三民書局，一九六九年。

於家人的結合相處是必然性的，容易忽略和不懂得珍惜相聚相親之樂，金庸在無意之中都在作品中表現出來。

情人和朋友，多多少少總有敬重和欣賞對方的成分，因而情誼得以維繫及加深。而一家人之中，很少有極為欣賞對方的，例如南蘭便不會欣賞苗人鳳的藝業，林平之認為父親林近南武功比自己高乃理所當然。這樣，慢慢便會影響情誼和聚首之歡，所以家人闊別重聚，才感到特別快樂。

第十二章　金庸小說中人生觀

金庸小說的研究價值、除了對文壇、華人社會的廣泛影響外，小說本身娛樂性豐富、寫作出色，充滿閱讀快感的元素，但使小說的成就更上層樓的，是小說中反映人性的敘述，帶出令人對人生深思的課題。

對命運的求索

小說中表現的內涵，帶來的人生觀，都極值得探討。林崗在〈江湖·奇俠·武功〉一文中說[1]：

> 讀者不必以參禪悟道的態度讀金庸小說，但從武俠小說的藝術者看、這是一個了不起的突破。好的文筆技巧還要對人性、人生深入的見解來與之配合、方能成就得一部好小說。

在金庸小說約三千萬言文字中，不乏對人性、人生的探討與啟示。其中最巧妙的地方：是只提出了問題，書中沒有確切的答案，而是讓讀者自行思考，自己找出答案。讀者在閱讀之餘，往往受到啟迪而對人生深思。

「射鵰」中郭靖學有所成，駸駸然已達一流高手境界。但鐵木真命他打大宋，李萍身殉曉以大義，郭靖便陷入對人生疑惑的境界。他在大漠南歸之時，春暖花開。但沿途兵革之餘，城破戶殘，屍骨滿路，引來愁思苦想[2]。

我一生苦練武藝，練到現在，又怎樣呢？連母親和蓉兒都不能保（他誤會黃蓉已死），練了武藝又有何用？我一心要做好人，但到底能讓誰快樂了？……。

我勤勤懇懇的苦學苦練，到頭來只有害人。早知如此，我一點武藝不會反而更好。如不學武，那麼做什麼呢？我這個人活在世上，到底是為什麼？以後數十年中，該當怎樣？……。

許多人也會像少年郭靖一般迷失，尤其對自己會同樣地問：我活在世上，到底是為什麼？

1 林崗〈江湖．奇俠．武功〉，載李以建《金庸小說與二十世紀中國文學論文集》；香港：明河社出版有限公司，二〇〇〇年，頁一四七。

2 《射鵰英雄傳》第三十九回；香港：明河社出版有限公司，一九七六年，頁一五〇三。

這是個人生的大課題，不同的人都有不同的答案。但顯然易見，郭靖的煩惱，是失去人生目標的苦惱。

人生有許多目標，值得思考。若找出自己的目標，便會悉力以赴去追求。金庸小說中，不同的人物都有不同的人生目標。他們的人生目標是否正確，是否值得追求，便是值得討論的地方。

武林人士愛建霸業，因為霸業背後有名有利。未爭霸業之先，便爭可以助建霸業的利器。在小說中，這些利器，一是神物利器，寶刀寶劍，如倚天劍、屠龍刀。另一是失傳武功秘笈，如「九陰真經」、「葵花寶典」等。

金庸小說的故事焦點不脫爭奪，所爭奪者又可以分成四大類：

第一類是寶藏：

如古城迷宮珍寶，《碧血劍》徐達府寶藏，《連城訣》中江陵寺內金佛寶藏，《雪山飛狐》冰窟寶藏等等。

第二類是寶劍寶刀：

如《鴛鴦刀》中刻著仁者無敵的鴛鴦刀，《倚天屠龍記》中倚天劍和屠龍刀。

第三類是爭奪武林秘笈：

藉此練就不世武功稱霸。如《射鵰英雄傳》的「九陰真經」，《碧血劍》的「金蛇秘笈」，《笑傲江湖》的「辟邪劍譜」、「葵花寶典」等。

第四類是爭帝爭位：

小如掌門之爭，五嶽合派盟主之爭；大如天下帝位之爭，如《天龍八部》中慕容氏謀復國，大理段延慶謀復位。此外《書劍恩仇錄》亦是帝位之爭，《鹿鼎記》中與康熙爭天下的人更多。

從上文可見，金庸筆下人物爭奪的目標，漸次由世人皆受的財寶異物，變成絕對私慾的權位。平凡人只可以爭奪財寶。只有非凡人物才有爭權位、帝位的本領。由非凡人物興風作浪，江湖的動盪又更深一層。爭奪中得得失失，又惹出無數恩怨。

金庸對各式各樣的爭奪有什麼看法呢？原來大都是「謀者不得，得者不謀」。從「射鵰」

開始，秉性淳良樸實的郭靖已是最後得益的大贏家。後來「俠客」的石破天，「天龍」的虛竹，「笑傲」的令狐沖，無一不是了無機心者，都是不謀而得成大業。處心積慮謀求的人，大多都是失敗失望。這種宿命的論調，無疑是作者給讀者一個極明顯的訊息。

在所有金庸著作中，以《天龍八部》寫人性的各有追求寫得最深刻。已故學者陳世驤在與金庸書函中評「天龍」，說「無人不冤、有情皆孽」。[3]便是因為書中人物捨情忘情追求所愛，努力而投入，可惜「有情皆孽」，難以種得好果。「天龍」人物中為追求愛情，為情而癡，為情而苦，為情而恨的有不少人。情癡首推段譽，見到王語嫣之後，神魂顛倒，好像一生只有愛情才值得追求，反而沒有像郭靖迷失的反思苦惱。游坦之和他如出一轍，見到阿紫後，失魂落魄，也以追求愛情是唯一大事。被追求者王語嫣和阿紫又如何呢？她們也積極而執著追求愛情，只不過對象是慕容復和蕭峰而非她們裙下之臣。此外，風流皇弟段正淳，人至中年仍視追求愛情為人生唯一目標，他追求愛情，享受愛情，而他的情人心態也和他一樣，其中或愛恨交織，或淒厲暴烈，都精彩萬分。中年過後，甚而做了婆婆的天山童姥和李秋水也只是追求愛情，至耄耋之年仍與情敵苦鬥不休，可見愛情的魔力。

對愛情的追求其實人生難免。人性之中，許多人就是憑看情愛而滋潤著美妙可戀的人生。愛情可以視之為五倫中昇華之愛，感情難分界定，既介乎夫妻、朋友之間之情，亦會疊合夫妻朋友之情，微妙之處難以言喻。金庸小說中的含苞少女，少年英俠，中年老年為愛情所癡所苦，原不是為怪。武俠小說有一半是愛情小說，也得到讀者的深深體會。

除了對愛情的執著，人生也別有所圖，「天龍」中寫得筆墨最多的便是慕容氏的復國圖謀。但慕容氏之處心積慮，傾力復國之舉，在作者筆下似乎是祖先遺下來的背負多於圖享富貴的心願。老子慕容博是這樣，其子慕容復亦是如此。江南慕容氏一家，連家臣鄧百川、包不同等豪傑，對人生也沒有什麼特別的追求，只是追隨慕容氏復國，一往無悔，顯出他們的道義本色。是優是劣，各人自有不同評價。

與慕容氏對頭的蕭氏父子又如何呢？蕭遠山早年被害得家破人亡，切志復仇成了他生存唯一目標，他的人生追求是復仇。兒子蕭峰蕭大俠最初急於追尋構陷自己的元兇，後來卻竭力於止息遼宋干戈。所求者大，以身相殉，而表達對生命追求的至誠。「天龍」重要人物中尚有大理段延慶也是窮一生之力圖謀復位，鳩摩智則欲以過人之長稱霸圖雄。

最沒有人生目標的，是少林僧虛竹和尚，在陰差陽錯之中，他本無心插柳，卻享盡世俗富貴榮華及愛情如願之福。小說寫盡世道人心之趨鶩，但能如願遂心的，少之又少。書中無論是

3《天龍八部》；香港：明河社出版有限公司，一九七五年，附錄。

帝王豪傑，隱士凡夫，在對抗命運，天人角力中，往往受到命運的播弄而成為一個無助的失敗者，令人掩卷慨歎。

但金庸同時在小說中往往發放出對努力不懈者，勇於對命運抗爭者的謳歌頌讚訊息。許多肯奮發，敢於拚搏的人縱然最後失敗，但仍然發出人性的光輝，光彩耀目，例如蕭峰便是其中一人[4]。在他筆下失敗並非可恥，最重要是人生目標正確和奮搏的無悔。這種筆調使小說的成就踏上更高的境界。

人生目標與需慾

讀金庸小說，除了看浪漫奇情的故事外，還會帶給讀者什麼呢？楊春時在他的文章說[5]：

金庸以佛家思想來消解情慾，戒除「貪、嗔、癡」三毒，實際上是一種對現實人生的超越。金庸小說在變義俠為情俠以後，沒有流於膚淺的言情，沒有淪為色情暴力，而是對情慾加以形而上的批判，引導人們深思什麼是真正的人生，這正是金庸小說深義所在。

金庸小說，引導讀者深思什麼是真正的人生，正是小說中深遠意義之處。一般武俠小說，寫俠客是為人人景仰，本領高明，在他們的世界是無所不能的。「古典武俠小說誇大俠客的力量，俠客們成為伸張正義的救世主。」[6]但金庸小說中，俠士的能力有限，愈是本領高強的人，所帶的悲愴無奈愈甚，見一燈大師、黃藥師、莫大先生、甚而郭靖、楊過、蕭峰、陳近南等英雄好漢，莫不苦憾纏身。他們的命運遭遇，叫人唏噓之中，不禁反映人生所追所求者為何。

金庸小說中俠義力量渺小，郭靖夫婦回天乏力，不能救宋朝，最後只有壯烈犧牲殉國，袁承志不能改變李巖的運命。陳家洛只能寄望退讓情人香香公主打動乾隆。蕭峰英雄蓋世，但身死後宋遼紛爭仍不息。金庸意識到個人反抗洪流的無力，顯示出更真實的世界。所以，「金庸

4《天龍八部》第五十章，香港：明河社出版有限公司，一九七五年，頁二〇一八。蕭峰為阻止遼入侵宋而在兩軍陣前自殺。其行為偉烈，但亦只是個失敗的英雄。蕭峰雖然英雄蓋世，但一生中未有什麼成功的功業。

5 楊春時〈俠的現代闡釋與武俠小說的終結〉，載李以建《金庸小說與二十世紀中國文學論文集》；香港：明河社出版有限公司，二〇〇〇年，頁一八六。

6 楊春時〈俠的現代闡釋與武俠小說的終結〉，載李以建《金庸小說與二十世紀中國文學論文集》；香港：明河社出版有限公司，二〇〇〇年，頁一八六。

小說的主人公大多出走、遁世、歸隱的結局。就因為對道統人生價值失望」。[7] 金庸筆下一眾主人翁的悲劇、遺憾與失望，會不會令讀者消沉呢？這種悲觀的論調，極可能把精彩的小說，貶至毫無意義，使小說毫無價值。

此外，武俠小說裏，人人都希望武功高強，無論師承名門或以邪道手段，都要爭做天下第一高手。可是作者金庸安排的第一高手卻是不聞不問，寄身紅塵而一無所求的人。例如「射鵰」之周伯通，「倚天」中少林寺看守謝遜的三老僧，「天龍」中點化蕭遠山、慕容復的掃地僧，「笑傲」中隱居華山的風清揚等等。欲求登峰造極的境界，非人力可料，不禁使教學人氣餒。

金庸小說中，雖然有這樣消極的訊息，但讀者在認同金庸之餘，卻沒有因而志氣消磨，對人生並沒有因此而失望。因為我們除了沒有像小說中人的欲求，還感到偉大的人物尚且如此，何況我們一干小人物呢？這樣的訊息反而會對生活的態度加深思考。

人生有什麼追求呢？每個人因氣質、環境的不同而有別。近代心理學中有一派標榜人性主義 Humanism，以馬士洛 A. Maslow 為精神領袖。由馬氏倡自我呈現說 Self-actualization Theory[8]。馬氏認為人類是「不斷在需求中的動物」，若一種需慾滿足，便渴求另一種需慾的滿足，永無止境。他把人的各種需慾，急務需求的程度與優先次序，分級排列。愈基本的，愈是人類生活上的需求。馬氏所列各級需慾依次如下：

一　生活需慾 Physiological Needs

這是人類最基本及最明顯的需求。例如飲食、男女慾念、氧氣、睡眠等，能滿足這類需求，才產生第二類需慾，否則下一類需慾將難以顧及或自動消失。

二　安全需慾 Safety Needs

感到對安全迫切的需要。包括穩定、信賴、保護、秩序、免於危險、免於恐懼和受到威脅。

三　自尊需慾 Self-esteem Needs

當第二類需慾滿足後，通常便追求此類需慾。自尊有兩種含義，一是自我尊敬，二是他人

7　楊春時〈俠的現代闡釋與武俠小說的終結〉，載李以建《金庸小說與二十世紀中國文學論文集》；香港：明河社出版有限公司，二〇〇〇年，頁一八六。

8　呂俊甫《發展心理與教育》第一章、第二節；台北：台灣商務印書館，一九八五年。

對我的尊敬。前者為信心、能力、成就、獨立、自由之需慾。後者則追求名譽、地位、承認、榮耀、被欣賞、被感謝之需慾。

四 愛與隸屬需慾 Belongingsand Love Needs

對朋友、親人、家庭、團契的需要，渴求友情、愛情。否則有孤獨、被放逐、疏離、和被忽視的感覺。

五 自我實現需慾 Self-actualization Needs

前列需慾得到滿足後，便追求自我實現需慾。求實現自己的潛能，使自己的才幹能徹底施展。使自己潛能徹底發揮，即人生追求的最高境界。

武俠小說中的人物，大抵也渴望發揮自己的潛能，渴望登上天下無敵、罕逢對手的境界。金庸小說寫出最高境界的人物，卻不是爭霸式人物，而是隱逸式人物，修為之士實現施展潛能之後，隱逸才是最後追求的境界。

隱逸式人物又可分三類，對塵世無所爭奪的。

一是寄身宗教叢林的人，如僧人、道人。但這群人物仍有修身修德或教化後代俗務，如玄慈方丈、張三丰等。

二是山林隱逸，如周伯通，如明教的五行散人說不得和尚，周顛等人。這些人最怕俗務，而追求徹底的逍遙。

三是寄身豪門大戶的高手，甘為廝僕的人。當然這些人都得到寄主的另眼相看，如「書劍」中乾隆近衛白振，「倚天」中殷無福、殷無祿、殷無壽及趙明手下的阿大、阿二、阿三。這些人都可以獨當一面，或稱霸、或逍遙。他們何以甘心如此呢？

金庸小說受唐代豪俠小說影響甚深，原來唐代豪俠，許多是深藏不露，隱身於廝僕的能人。如紅線，如崑崙奴。他們輕視財寶、隱身自愛，但卻是自由之身。這倒與無福、無祿、無壽一輩甘為寄主賣力賣命不同。金庸小說中寄身豪門的能人何以這樣，其實只有一個原因：便是重信守諾。金庸設計的武林社會，首重信守諾言。金庸在〈說俠〉[9]：

> 義是絕對重要的，自《三國演義》，《水滸傳》以來即是這樣。此外，「信」也絕對重要，即使反派人物，下三濫之徒，也必守信，例如《俠客行》中的謝煙客，必須遵守關於

9 劉紹銘《武俠小說論卷》；香港：明河社出版有限公司，一九九八年，頁七〇四。

玄鐵令的諾言，丁不三「一日不過三」，一天之中殺人得超過三個；《天龍八部》中的南海鱷神說過了的話沒的反悔，「否則使烏龜兒子王八蛋」，所以只能拜段譽為師。

為什麼要信守諾言呢？首先是得別人信任，其次是使自己安心。做事講求自己安心，高尚的自律情操。這些高手為信守諾言而甘為僕役，心安中同時還帶有滿足自尊需慾。原來滿足一般生活追求之後，更高的層次是追求安心，要於心無愧。金庸在小說中還說出一個重要的觀念。「神鵰俠侶」中便有這樣的記敘[10]。

劈到得第十四掌時，一燈「哇」的一聲，一口鮮血噴了出來。慈恩一怔，喝道：「你還不還手麼？」一燈柔聲道：「我何必還手？我打勝你有什麼用？你打勝我有什麼用？須得勝過自己、克制自己！」慈恩一楞，喃喃的道：「要勝過自己，克制自己！」一燈大師這幾句話，便如雷震一般，轟到了楊過心裏，暗想：「要勝過自己的任性，要克制自己的妄念，確比勝過強敵難得多。這位高僧的話真是至理名言。」

金庸借一燈大師的口，借楊過的心思，說出「要勝過自己，克制自己」的觀念無可否認，這是作者一項重要的人生觀。其實愈有本領的人，別人愈難克制他，真的有他自己才能克制自己。

復仇意識

復仇，是金庸小說其一重要的主題，也是武俠小說必有的情節。

金庸第二部小說《碧血劍》便是復仇的故事，金蛇郎君為復仇而找石樑五老的晦氣，是小說中重要的情節。《飛狐外傳》全篇都以互相復仇為故事主幹。「神鵰」主幹又是復仇，是李莫愁復情仇，和裘千尺向丈夫公孫止復仇。「倚天」中成崑以一人失戀，殃禍天下，造成謝遜濫殺，惹來一大群人向他復仇。此外，「書劍」和《鹿鼎記》不斷說及反清復明，反清復明也是一種復仇。楊過也曾想向郭靖夫婦復仇，江湖上何仇恨之多？

金庸小說中有許多復仇的情節，金庸對復仇的態度有多元化的處理。在「射鵰」中，楊康明知完顏洪烈是殺父仇人，不但沒有殺之復仇，還出手援救。王立在〈論金庸小說的復仇描寫

10《神鵰俠侶》第三十回；香港：明河社出版有限公司，一九七六年，頁一二一七。

與現代觀念〉[11]中說：

而金庸《射鵰英雄傳》卻寫出了楊康明知繼父完顏洪烈是殺父仇人，仍出手援救，畢竟多年的恩養之情在……。文化的作用並沒有絕對化和誇大化，人物的矛盾複雜的心理活動，使得其血肉豐滿，真實可信。

王立認為楊康不肯替父復仇，固充滿心理矛盾，既感完顏洪烈之恩養，又貪榮華所致，寫得深具人性。不願復仇的還有《連城訣》中的狄雲，見到舊情人戚芳，為了舊愛，竟然替奪妻的仇人療傷救命[12]。「神鵰」中年輕的楊過孤苦伶仃，因父親死得不明不白，以為給郭靖夫婦害死了，無時無刻不想復仇，後來明白真相和郭靖的為人，再沒有為父復仇的意念了。同樣胡斐明知苗人鳳是殺父仇人，但出於英雄惺惺相惜，當苗人鳳危急之時，便慨然出手相救。

對復仇的處心積慮，要數「射鵰」和「神鵰」中的王妃瑛姑。她為人刻怨孤僻，人生的目標除了一心一意和意中人重聚之外，便是要殺了打死她孩兒的兇手，哪知後來得楊過之助，引得與周伯通相見後，人變得豁達了。周伯通叫她下手打死殺子兇手裘千仞（慈恩），她卻說[13]：

倘若不是他，我此生再也不能和你相見，何況人死不能復生，且盡今日之歡，昔年怨苦，都忘了他罷！

這些可以復仇洩恨而不願復仇的人，有因自己的前途富貴，有因自己的性格豁達仁慈，有因為氣度與見識，不肯下手，也有因為享受到快樂而饒卻敵人。但一些江湖上的血海深仇總要報的。為復仇而生活，最處心積慮、刻忍過人的莫如「神鵰」中絕情谷中裘千尺和「笑傲」中的林平之。

裘千尺和公孫止是夫妻反目，切齒為仇，刻骨怨毒之甚極為罕有。原因簡單不過，兩人都非善類。結果裘千尺大仇得報。且把丈夫祖宗傳下幾代家業一把火燒光，而自己也同時同地而亡，[14]復仇可有絲毫之快？

林平之復仇的代價更是淒厲。他原來是大鏢局的少主人。卻因被人覬覦家傳武學，弄得家

---

11 王立〈論金庸小說的復仇描寫與現代觀念〉，載王敬三《華山論劍》；台北：揚智文化事業股份有限公司，二〇〇〇年，頁三六。

12《連城訣》第十回；香港：明河社出版有限公司，一九七七年，頁三四三。

13《神鵰俠侶》第三十四回；香港：明河社出版有限公司，一九七六年，頁一四三二。

14《神鵰俠侶》第三十二回；香港：明河社出版有限公司，一九七六年，頁一三一四。

破人亡。父母被殺後荒野棲身，求乞渡日。後且仰人鼻息，屈辱求助。忍辱負重，不外想報深仇。後來練成一流高手，宰殺得昔日陷害他的青城派一最如禽如畜，甚而玩弄敵人[15]，結果自己反而弄瞎雙目，要再投靠奸人（左冷禪一夥），在得報大仇之後又可有絲毫快意？

親見仇人被殺身亡的感受，金庸小說中描述得最明白的是《天龍八部》中老冤家蕭遠山和慕容博[16]：

那老僧一擊而中，慕容博全身一震，登時氣絕，向後便倒。……蕭遠山見那老僧一掌擊死慕容博，本來也是訝異無比，聽他這麼相問，不禁心中一片茫然，張口結舌，說不出話來。

這三十年來，他處心積慮，便是要報這殺妻之仇、奪子之恨。……那知道平白無端的出來一個無名老僧，行若無事的一掌便將自己的大仇人打死了。他霎時之間，猶如身在雲端，飄飄蕩蕩，在這世間更無立足之地。……

突然之間，數十年來恨之切齒的大仇人，一個個死在自己面前，按理說該當十分快意，但內心中卻實是說不出的寂寞淒涼，只覺在這世上再沒什麼事情可幹，活著也是白活。

上文只不過撮引，原文多出兩倍字有餘，可是作者金庸對復仇後心態探討是那麼嚴謹和認真。要復仇，辦到了，便「只覺在這世上再沒什麼事情可幹，活著也是白活」。相信這便是作者對復仇意識的看法。

這段寫來極為感人，復仇不一定快樂，反而是憾事，看來復仇沒有什麼大意義。「神鵰」中程英和陸無雙滿門被李莫愁所害見到她被火燒死，心中也無喜悅之情[17]。金庸在《倚天屠龍記》寫謝遜當年濫殺無辜，此時為親友復仇的人聯群結隊而來[18]。但這時謝遜雙目已盲，武功全失。復仇者見到他的淒涼景況，都只向他吐唾沫洩忿，未有加害。金庸小說中對復仇的情節都以低調消極的手法表現。無論讀者是否同意，但都反映出作者對復仇觀念有更寬大的胸懷。

王立對金庸小說上復仇意識的表現有這樣的話[19]：

15《笑傲江湖》第三十五回；香港：明河社出版有限公司，一九八〇年，頁一四四一至一四四八。
16《天龍八部》第四十三回；香港：明河社出版有限公司，一九七五年，頁一八二三至一八二五。
17《神鵰俠侶》第三十二回；香港：明河社出版有限公司，一九七六年，頁一三一一。
18《倚天屠龍記》第三十九回；香港：明河社出版有限公司，一九七六年，頁一五八九。
19 王立〈論金庸小說的復仇描寫與現代觀念〉，載王敬三《華山論劍》；台北：揚智文化事業股份有限公司，二〇〇〇年，頁三六。

復仇文學是現實的反映和生活的提煉。……金庸的武俠小說至少給人以這樣的啟示：如果只把武俠小說看成是描寫恩恩怨怨，構成的打打殺殺，那豈不是太簡單化了？

金庸在小說中誠然懷著寬容的態度處理復仇的問題，但在字裏行間，其實有兩種元素使他有這樣的意識。且看「射鵰」中一段[20]：

原來楊康聽黃蓉揭破自己秘密，再也忍耐不住，猛地躍起，伸手爪疾往她頭頂抓下。……這一抓便落在她肩頭。楊康這一下「九陰白骨爪」用上了全力，五根手指全插在軟蝟甲的刺上……。

眾人聽了這幾句話，心想歐陽鋒的怪蛇原來如此厲害，又想楊康設毒計害死江南五怪，到頭來卻沾上了南希仁的毒血，當真報應不爽，身上都感到一陣寒意。

金庸小說中充滿人算不如天算的宿命論，惡人總有惡報，而毋須自己施以復仇的手段。其次，在施虐者中，能夠作出令人要報仇的惡行者，有幾多人是快樂的？有幾多人是稱心如意的？有幾多人能享受到泰然的生活？即使以正筆把他寫成由邪入正的裘千仞和謝遜，做了惡事，還不是心中常常受到自己的磨折？但金庸對施惡者也不一定放過，《飛狐外傳》中的「甘霖惠七省」湯沛至死不悔，始終假仁假義，便不被袁紫衣放過。明乎其理，金庸小說的「復仇」意識當更易為讀者接納了。

最後歸宿的觀念

金庸小說中，除了帶出人生的問題，也著意描述面對死亡的探索和思考。面對最後歸宿死亡的恐懼，卻只有一次正面的書寫[21]：

便在此刻，慈恩心頭如閃電般掠過一個「死」字。他自練成絕藝神功之後，縱橫江湖，只有他去殺人傷人，極少遇到挫折，便是敗在周伯通手下，一直逃到西域，最後還是憑巧計將老頑童嚇退，此時去死如是之近，卻是生平從未遭逢，一想到「死」，不由得大

20《射鵰英雄傳》第三十六回；香港：明河社出版有限公司，一九七六年，頁一三九七至一三九九。
21《神鵰俠侶》第三十回；香港：明河社出版有限公司，一九七六年，頁一二二〇。

悔，但覺這一生便自此絕，百般過惡，再也無法補救。

這段寫大惡人裘千仞雖然追隨一燈大師變了慈恩和尚，但惡念常生，這次被藝成後的神鵰大俠楊過打敗，用劍壓得他肋骨向內劇縮，只能呼氣，不能吸氣，自知距死不遠的感受。正是人之將死，其心也善，帶出惡人面對死亡的一種懼意悔意。但武林中人，恆常面對打殺，距離死亡不遠之時，並不都是一樣。自書中李莫愁的死，便寫得悲壯之極[22]：

心中一動激情，花毒發作得更厲害了，全身打顫，腕上肌肉抽動。眾人見她模樣可怖已極，都不自禁的退開幾步。李莫愁一生倨傲，從不向人示弱，但這時心中酸苦，身上劇痛，熬不住叫道：……她痛得再也忍耐不住，突然間雙臂一振，猛向武敦儒手中所持長劍撞去。……李莫愁撞了個空，一個觔斗，骨碌碌的便從山坡上滾下，直跌入烈火之中。眾人齊聲驚叫，從山坡上望下去，只見她霎時間衣衫著火，紅焰火舌，飛舞身周，但她站直了身子，竟是動也不動。眾人無不駭然。

小龍女想起師門之情，叫道：「師姐，快出來！」但李莫愁挺立在熊熊大火之中，竟是絕不理會。瞬息之間，火焰已將她全身裹住。突然火中傳出一陣淒厲的歌聲：「問世間，情是何物，直教生死相許？天南地北……」唱到這裏，聲若遊絲，悄然而絕。

李莫愁之死，帶有生而無歡、不如自毀的傾向。金庸在另著《倚天屠龍記》中，寫下坦然面對死亡「生亦何歡，死亦何苦」，場面悲壯，令人感慨[23]：

當此之際，明教和天鷹教教眾俱知今日大數已盡，眾教徒一齊掙扎爬起，除了身受重傷無法動彈者之外，各人盤膝而坐，雙手十指張開，舉在胸前，作火焰飛騰之狀，跟著楊逍唸誦明教的經文：

「焚我殘軀，熊熊聖火。生亦何歡，死亦何苦？為善除惡，惟光明故，喜樂悲愁，皆歸塵土。憐我世人，憂患實多！憐我世人，憂患實多！」

明教自楊逍、韋一笑、說不得諸人以下，天鷹教自李天垣以下，直至廚工伕役，個個神態莊嚴，絲毫不以身死教滅為懼。

22《神鵰俠侶》第三十二回；香港：明河社出版有限公司，一九七六年，頁一三一一至一三一二。

23《倚天屠龍記》第二十回；香港：明河社出版有限公司，一九七六年，頁八〇八。

這段寫六大門派圍攻光明頂後，要一舉殺盡對方。教眾視死如歸，坦然無懼，令人對他們敬仰同情。書中的「喜樂悲愁，皆歸塵土」，把金庸小說帶來對武俠小說讀者罕有之啟迪。

金庸小說中，便有一部以面對死亡為題材的作品，便是較短篇的《俠客行》。《俠客行》中，各家各派的頂尖高手，都全被「賞善罰惡」兩位使者邀請到島上喝臘八粥。這盛會的邀請使武林人士聞之色變。原來臘八一宴所以駭人，是不得不去，有去無回。負責邀請的使者張三、李四，分明是閻王使者的牛頭馬面，豈能不聞之色變？

這兩人逼得不少武林好手韜光養晦，不敢以真本領示人。例如長樂幫好手甘海石甘退二線。上清觀之道人淡泊名聲，也正欲避此一劫。而俠客島島主對群雄在江湖上所作所為，善善惡惡都瞭如指掌，都有簿冊記錄分明，兩人明明便是傳說中的勾魂使者。武林中人對賞罰二使的恐懼，一如凡塵之士對人生大限的態度。愈是位高權重的，對大限的來臨愈是擔憂，有若世人要千方百計逃避一樣。俠客島之行，寓意發人深省，其結果更足以令人深思。

人人都以為到了俠客島便身處絕域，一切歡愉喜樂將化為塵土，卻原來那裏是一片令人忘返的樂土。以為失蹤死亡的人，卻好端端活著，而且還怨好友來得遲。死亡的境界是怎樣呢？沒有人知道，金庸藉俠客島之行，寫出對死亡歸宿的一種看法。「生亦何歡，死亦何苦？」彼邦必非樂土？以武俠小說而借喻人生之生死，金庸說得最痛快淋漓，讀者無論是否同意，都為他們開啟更多思端。在在發人深省之處，都足以表明金庸小說內涵豐富，並非徒具閱讀趣味的作品。

後記

金庸小說最初於五十年代在香港刊出，每日在報章連載，已獲時人讚賞。第二部作品刊出後，聲名鵲起，廣受歡迎，帶起香港武俠小說熱潮。第三部作品《射鵰英雄傳》登場後，已然奠定超然的作家地位。市面冒名偽作有之，借勢杜撰小說前傳後傳亦有之，陡然掀起東南亞武俠小說熱潮，開始出現越南文、泰文等譯本。金庸的作品已行銷海外華僑各地，讀者亦超越華人以外。

此後金庸創作不輟，至一九七〇年《越女劍》停筆後共著述了十五部武俠小說，其後再全部重新修訂，統一由自己的公司出版。八十年代金庸小說正式在台灣行銷，九十年代在內地正式行銷。這時金庸小說在全球華人地區暢銷，是全球最多華人讀者的作家。

由於金庸小說廣受歡迎，被改編為電影電視劇及漫畫。後來更有以金庸小說為題材的電子遊戲及談論金庸小說之互聯網，造成「金庸旋風」。社會上不乏受金庸小說影響的現象，甚至出現以小說題材的旅遊景點「桃花島」和「金庸圖書館」。

金庸小說受歡迎的廣泛，文藝界罕見，也帶來文人學者開始研究金庸小說的風氣，至今由各地已舉辦「金庸小說國際研討會」多次。金庸在獲得盛譽之時也開始受到文壇的懷疑和攻擊，也為讀者、學者廣泛討論小說的雅俗問題。同時出現一些作家質疑金庸小說的價值。

中國文學作品最初由貴族、士人撰寫而流傳下來，因而被視為雅文學，例如《詩經》、《楚辭》。後來一些作品則為取悅大眾而撰寫，例如宋人話本，被視為俗文學。其實小說自出現已早存在取悅讀者之義，具娛樂消閒之旨。自唐代士人刻意撰作小說開始，到晚清的章回小說，可以說是「從雅而俗」。金庸小說自五十年代出現至今，作者的創作用心，一而再作精心改寫的表現，則是「從俗到雅」。金庸小說無論寫作手法、遣詞用字、內涵精神，對人性的探討，美感的描繪，都是文學的文筆。金庸小說像布衣卿相一樣，先是平民，後是貴族。由通俗作品開始，以優雅作品面貌告終。這種情況是比較少人注意到的。

以往討論金庸小說的論述雖然不少，但大多是取材片面現象來探討。有只論小說之文化精神、有只論其雅俗與大眾文化、有探討小說人物為主、有論民族與小說視野，亦有專論其中某一部小說，這都只反映小說中單一方面的意義。

本文從宏觀的視野探討金庸小說：既從讀者欣賞的角度、也從小說寫作者撰寫小說的角度去探討小說的創作、成就，和小說的價值。以寫作人的角度有系統地探討金庸小說，至今還是少見的。

在寫作上，由多種不同的因素導致金庸小說的成功。簡單而言，重要的原因可歸納為三點：一是素材豐富、寫作技巧出色。這是寫小說的手法高明，造成吸引讀者追讀的動力。其次是金庸駕馭文字能力好、高度表現文字的美感。最後一點是金庸小說的故事中，內涵豐富，對人性、生命發出的感喟和浩歎，使讀者在掩卷之餘，樂於深思，甚而有啟迪作用。能令讀者反省深思的小說，而能有這樣豐富的娛樂性和美感的傳達的作品，實在又是少之又少。金庸在作品行銷後再花十年以上時間修訂，把通俗浪漫、迎合一般大眾的作品刪修潤色至具文學水平，更高層次的武俠小說。

本文從武俠小說源流，寫作手法，文字運用，橋段和人物的設計，人性的刻劃及小說的娛樂性，內涵和啟迪性分析研究金庸小說。概括而言，金庸小說有下列的特色。

一　金庸小說中充滿中華社會色彩，人性和人生觀。且大量涉及中國之歷史、地理，以及中國傳統文化，如醫藥，琴棋書畫等。

二　作者配合歷史發展，把小說故事人物融入歷史，使人讀起來有真實感。

三　善於借鑒及融會古今中外小說素材，把精彩的情節套用，古為今用，洋為中用，而且手法出色，不著痕跡，令小說多姿多彩。

四　人物創作出色，刻劃人物性格立體，正中有邪，邪中有正。寫出壞人的優點，好人的弱點，這種手法在其他小說中罕見。

五　武俠小說，不能避免對武打的描述。金庸把武功的設計藝術化，以陰陽之美配合，令小說中武功繽紛多姿又賦予讀者美感的想像。

六　小說中文字精煉，用詞典雅高華而深刻有力。許多作家難以比擬。

金庸小說除了述說鬥爭、俠義和愛情外，對人生態度的取向也常常是重要的議題。書人的人生觀，都有令讀者深思之處，每每啟迪思考，其成就和價值已超乎一般小說之上。金庸小說即使再三重讀，亦有餘味餘韻，更會因時日不同，對書中事態而見解有別，故小說極具細味欣賞價值。

金庸小說充滿娛樂性，使讀者有閱讀快感，同時可以拓展讀者視野，宣洩讀者的感情，且能令讀者啟迪深思。由於其文字優美，內涵豐富，是我國近代極優秀的文學作品。

撰寫本文時，發覺有些地方編排或分段不當，因為要討論的素材往往皮肉相連，不易捨割。例如人物的創作可與刻劃人性的文章一併而談，但這樣會影響論及其他觀點時而呈混亂、顧此失彼。同樣，討論《飛狐外傳》，苗人鳳到商家堡追尋逃妻的一段，既可作意識流筆法之典範，同時亦是分析金庸運用影視手法的佳筆，如今只能取前者。本論文尚有其他不足之處，盼得高明同好賜正。

蒙讀者喜愛，覽閱拙著全文，欣幸之極。謹此表示至衷心的謝意。

紀念金庸誕生百歲之年

楊興安癸卯初冬再版訂稿。

附錄

附錄一

從金庸的〈月雲〉談起

月前一位朋友在一個講座上，被聽講者問及對金庸文筆的意見，他略作思考說：「不見得怎樣好。」即時有人提出相反的意見，他卻堅持原來的看法。當時我心裏想：即使你不喜歡金庸的作品，平情而論，也不能說他的文筆「不見得怎樣好」。我沒有爭辯，這是個人的主觀，而且場合亦不容許細辯。如人飲水，冷暖自知好了。

金庸以寫武俠小說揚名，寫社論更為出色。但推崇他的武俠小說者比推崇他的社論者實在多出很多倍，這不是說他的社論寫得不好，而是武俠小說不受時空所限，流傳得更久更廣之故。我一向認為金庸的武俠小說是「九陰真經」（註）；他的社論是「九陽真經」，兩者同樣出色，皆因他的文筆精煉流暢，內涵豐富。

喜見〈月雲〉出場

許多金庸讀者可能心裏都想：金庸若不寫武俠小說，究竟會寫出什麼來？這種想法相信在內地的讀者尤甚，因為他們讀不到金庸的社論，更難讀到他寫的其他文字。不單只一個內地文友，打聽到金庸譯寫了一本《最厲害的傢伙》的短篇小說，要我千方百計找給他們看，可是我今天仍找不到，只有仍然讓他們渴望。

我最少讀了《最厲害的傢伙》三次，一次在報上，一次是借來的專書；另一次在翻撿舊物時看到，是哥哥買了回來也不知道，不自覺的一頁一頁的看下去，渾然忘記撿拾舊東西了。何以如此呢？想來是故事吸引，金庸的文筆也吸引之故。那是一個個翻譯的短篇小說的小故事，使人看得津津有味。今天內容也差不多忘記得乾乾淨淨，依稀記得其中一個故事是小伙子愛上了黑社會頭子的小情婦，後來黑社會頭子叫人把小伙子綁回來，叫人著急，卻原來黑社會頭子成人之美，成全了小美人和小伙子，真有虬髯客成全李靖的痛快（當年還未讀〈虬髯客傳〉）。而《最厲害的傢伙》什麼厲害呢？吃得厲害而已。這次金庸不寫武俠而寫自傳式散文體小說，與初讀《最厲害的傢伙》差不多相隔四十多年。〈月雲〉出場，實在喜出望外。

〈月雲〉約六千字，原刊於《收穫》二〇〇〇年第一期。我卻最近才在網上讀到。這是一篇署名金庸卻和金庸其他作品風格完全不同的創作。平平淡淡的散文，說出自己經歷平平淡淡的小故事。但寫作的功力並不遜色，其中有叫人感動之處，亦有教人深思的地方。

從寫作角度看〈月雲〉

無論在讀〈月雲〉的時候或讀完〈月雲〉，感到風格和內容與蔣夢麟的《西潮》很接近。《西潮》是我常常介紹給年青朋友看的書。一則內容寫出中國大時代中的變遷，其次是文筆潔美，比諸現今許多成名作家，或愛好以歐式句法寫文章而自鳴的作家好得多。

〈月雲〉文筆疏淡，好比一幅上好的文人畫，生動而雋永，沾有鄉土雨後清新的氣味。全文用詞用字都平實無華，卻寫出動人之處，可見作者的文字功力。

寫情寫得出色的有兩場，一場是宜官放學回家玩白瓷鵝，八只中竟然有一只突然斷了頭，使他悲從中來。另一段是月雲的母親來探望她，分手時拉著母親不放：

月雲抱了小弟弟，送媽媽出了大門，來到井欄邊，月雲不捨得媽媽，拉著全嫂的圍裙，忽然哭了出來。……全嫂又問：「少爺少奶打你罵你嗎？」月雲搖頭，嗚咽著說：「姆媽，我要同你回家去。」全嫂說：「乖寶，不要哭，你已經押給人家了，爸爸拿了少爺的錢，已買了米大家吃下肚子了，還不出錢了。你不可以回家去。」月雲慢慢點頭，仍是嗚咽著說：「姆媽，我要同你回家去，家裏沒米，以後我不吃飯好了。我睡在姆媽、爸爸腳橫頭。」全嫂摟著女兒，愛憐橫溢地輕輕撫摸她的頭髮，……月雲接了過去，交在弟弟手裏，依依不捨地瞧著母親抱了弟弟終於慢慢走遠。全嫂走得幾步，便回頭望望女兒。

這段簡單平凡的文字，感染卻是非凡的，讀來令人心酸。點出昔日社會的小悲劇，寫出小人物的純良無依。金庸從而指出「全中國的地主幾千年來不斷迫得窮人家骨肉分離、妻離子散，千千萬萬的月雲偶然吃到一條糖年糕就感激不盡」的無奈與悲哀。不知道認為金庸文字並不出色的讀者，讀後有什麼感想。

在閒情話舊短短數千字中，金庸也採用了最動人的旁知觀點寫法：

瑞英見宜官臉上流下了淚珠……。

宜官跟在她們後面，他拿著一個採鼓兒，要送給小孩兒玩。他聽得全嫂問女兒……。

金庸不是寫「宜官臉上流下了淚珠」。而是瑞英眼中見到的宜官；全嫂向女兒道別的話，不是直接說的，而是從宜官耳中聽到，讀者再從宜官聽到，因而知道全嫂對女兒說的話。這種旁知觀點的寫法，把主人翁與讀者的距離不知不覺間拉近了，是最聰明的寫法。

小說素材的選取、章段的轉承，也見到渾然揮灑的寫作功力。

金庸以宜官白瓷小鵝無端破裂寫出稚子的仁愛和童心，以月雲偶然享受到一條糖年糕而心中充滿感激表現窮孩子的良善知足；以母女逼於分離控訴貧窮的悲哀；文首小孩子放學的描述反映出時代風貌，在在都像信手拈來，其實是經過刻意的選擇。

在結構上，從宜官放學歸家帶出月雲，再從而巧妙自然帶出月雲的身世，都寫得流水行雲，不著痕跡。再而點出月雲的性格，嗜愛和慾望，使人一步一步加深對月雲的憐愛。

整篇小說成功的地方，尚有文章強烈的電影感、清晰的畫面、人物的儀容笑語，都彷彿到眼前來。這篇〈月雲〉的小說，無疑是金庸向廣大的讀者說：「看，除了武俠小說，我還可以寫其他的，看來還不錯！」

〈月雲〉引起的思憶

〈月雲〉寫於王朔狂罵金庸之時，有人認為他以隔山打牛招式向批評者打了一記耳光，大概也有這個可能，但真相金庸不說，別人也無法肯定。文人以詩言志，但也可以用散文和小說言志。如果這篇小說有言志之處，也不難猜，便是小說最後的一句話：

但世上有不少更加令人悲傷的真事，旁人有很多，自己也有不少。

原刊香港《香江文壇》二〇〇二年九月號

註：台灣葉洪生在專著《論劍》中說：「陽爻以九為老（至陽）、陰爻以六為老（至陰）」。認為無「九陰」一詞。友人嚴曉星查得道教類書中有《帝君九陰經》。「九陰」一詞，最早見於《山海經·大荒北經》。三國葛玄《道德經序》有「禍滅九陰，福生十方」之言。「九陰」原自道家用詞。

附錄二

談小說創作與今日社會——楊興安博士專訪

被訪者：楊興安博士（專業：唐代傳奇及現當代小說研究。）

訪問者：蘇曼靈（作家，香港小說學會前會長。）

香港社會需要小說嗎？

蘇：楊博士，請問小說對生活有什麼影響？這個社會還需要小說嗎？

楊：戲劇由小說衍生，小說是基礎，需要戲劇便需要小說。

宋朝時，手工業興旺，很多工人會聚在一起聽說書，是當時大眾的娛樂。後來，「說故事」的手稿流傳下來，代代相傳，變為現在的小說。二十世紀後期，電影和電視劇相繼發展蓬勃，小說的面貌隨之改變，許多小說內容以視像形式出現，可見是對小說的需求不變。

蘇：小說對作者與讀者有什麼影響？

楊：不同角度看法不同。從讀者角度，透過小說接觸和了解古今中外不同世界，增加知識，了解人生和人性，增加智慧與辨識力。

其次，告子說「食色性也」是人的兩種基本人性，我認為人類第三種欲求是求知慾。透過知識獲得更多安全感和能力。人天性好奇，尋求知識的過程可產生趣味。小說內可包括多種文體。個人認為，「小說的功用」說得最早最好的是梁啟超，民初時期，梁啟超在〈論中國小說與群治〉一文中說，我們的社會需要小說，小說是精神食糧之一，看小說除了體會和感悟到感情、智慧、知識，讀好小說的優雅文字是一種享受。

談到創作小說。有些人本性愛表達，愛說話，若能具備寫作能力，則會產生創作的慾望，寫愛情，自身經歷，人情世故……每個人秉性不同則創作偏好不同。武俠小說是中國文學的特色，是非常好的創作舞台，它可涵括偵探、愛情、歷史等等。小說第一要求是趣味性，不同的讀者對趣味的要求不同。小說的最高成就是有啟發性。比如，《老人與海》，整個故事非常簡單，但卻帶給讀者深邃的思考和意義。

蘇：讀者如何透過閱讀小說、獲取知識以及感受閱讀的樂趣？

楊：我以金庸小說舉例。廚藝、功夫、為人處世、世界觀、友情、愛情……都在其中。《紅樓夢》裏，詩詞歌賦、美學、愛情、親情……包羅萬象。不同年代不同地域的小說，反映各地風土人情，時下風貌，作者的經歷、想像、思想不同，讀者所接觸到的文字與內容均不同，這些都會為閱讀帶來見識與樂趣。

文學界需要發掘好的小說家及書評人，推薦好作品和寫書評。一個公正睿智有學養的書評家，會有讚有彈，不怕得罪人，同時具備一定的人文素養。書評人向讀者介紹作品，推薦好的小說。使讀者選擇讀物時有更加清晰的目標，不致走彎路，從而享受到閱讀的樂趣。

小說與社會的關係

蘇：以當代香港社會的情況，適合創作什麼題材的小說？

楊：香港當代社會，物質文明一定是進步的，整體精神文明是退步的。今日道德意識淡薄，人與人會因利害關係缺乏基本的信任。社會受政治因素、經濟因素等等影響，人心虛浮，適合創作反映當代社會和人心的小說。社會愈複雜，小說會愈精彩。

蘇：文學創作需要迴避政治嗎？文學創作話題如何拿捏？

楊：無須刻意迴避。任何時事與政治，只是時代的背景。作者最好不直接寫出自己的主觀意識，而讓讀者自己感受。作者可以站在自己認知的角度創作具有時代感的小說，是非讓讀者自行判斷。不同時代政治背景下，必然產生不同的人情世故，正是反映人性的好時機。寫作無須說教，也不要說教，但必須做一個有良心的作者。無論創作什麼。作家應以自己良知作出發點。

文學是源於社會和生活的文字藝術，與人類活動息息相關。我們寫作，主要圍繞人性，人性有善有惡，且有善惡交疊的可能。而道德的標準會因時地的不同而有異，但總要保持自己的寫作良知。一個作者，總會無意間將自己的道德觀滲入作品。

蘇：西方國家的人就喜歡看披露中國人醜態的作品。柏楊一本《醜陋的中國人》至今都有讀者。

楊：對於這一點，我比較反感。為什麼眼中只有中國人的陋習與毛病？為什麼無視中華民族的美德？任何國家的人都有好有壞。柏楊是我很佩服的作家，但後來他也對國人開口大罵，倒像他是個不明國情的外國人了。罵人不是太容易嗎？何苦呢？作為一名作者，可以揭露社會的醜態，但不要寄望借作品說社會醜態來發洩，來嘩眾取寵，作品便下乘了。

對網絡作品的意見

蘇：網絡小說對印刷本有衝擊嗎？

楊：首先，一般印刷的作品會經過篩選，有編輯有校對，但是網絡文學這樣的速食文化，為求速度和點擊率，對文字和內容的品質要求不高。網文固然有其存在的價值，但應該有一套制度處理，有篩選才會有水準。此外，印刷品看完可以保存，日後再看。但是網文看完就算；紙媒可以做重點記錄，作眉批，而且不傷眼。我當然推薦印刷體。

蘇：您認為小說的作者多數偏向感性還是理性？

楊：我個人認為，小說創作者以理性為基礎，感性為昇華。故事情節的安排需要有技巧、理性處理，而內容是否打動讀者，需要感性，二者並存，缺一不可。好的小說，不論時代與背景，總會帶給讀者共鳴，這就是藝術的力量。

蘇：人生經歷不夠豐富的作者，怎樣以文字打動讀者？

楊：經歷只是基本條件。表達力和想像力才是一個作者的功力。天下故事不外乎悲歡離合、生離死別、成敗得失、喜怒哀樂。小說是否寫得好，就看作者如何透過文字，以理性和感性處理平凡、常見普通的人間情天下事。好小說寫出時代感，透析人性，這是小說創作的兩條縱橫線，最好兩者並存。

香港的文學現象

蘇：您是否贊成廣東話入文？

楊：不贊成。中國文化有個優點，自甲骨文開始，「語」和「文」分開，中國地方語言繁多，靠語言不易全國溝通，必須依賴統一的書面語。所以，語言表達較為彈性，明白即可；但書面語有規範、最好精準，粵語不適合入書面語。

蘇：文學理當百花齊放，海納百川。文人為何總是彼此相輕？香港文學界有排擠的現象嗎？

楊：我認為並非排擠這樣嚴重，或有，亦不多。而是作小圈子互相追捧。非圈中人，則在視野之外。文人相輕，自古已然，此亦文人陋習。

私淑四大作家

蘇：請談談您喜愛的作者與作品。在寫作上，您有老師嗎？

楊：回想起來，有四個作家影響我極甚，可說是藝文思想上的老師。

第一位薩孟武。老一輩的台灣作家。

七十年代初，我看他的《西遊記與古代政治》，以《西遊記》影射剖析中國古代政治，非常有思想性的作品。自此，我開始搜集讀薩孟武其他著作。

他評《水滸傳》，一部專寫男人世界的著作。他說男人好色是天性，在男多女少的下層好漢中，會為貪色打鬥和負義，影響大夥兒的義氣。故能不溺於女色的是英雄好漢。又說中國人講「孝」，但《水滸傳》講「義」，因《水滸傳》講的多為市井之徒，自小在街頭打滾，父母的恩惠不多，反而受市井朋友關照多，故看重「義氣」。這都對我的思想很有啟發。我對薩孟武的評價是他的論點「高瞻遠矚」。

第二位柏楊。

我看過他幾十部著作，牢獄前的作品我幾乎全讀遍。柏楊不但文筆流暢，且有很複雜豐富的人生經歷。其論述「水銀瀉地，無孔不入」，是我對柏楊的評價。但柏楊受過牢獄之災後，思想變得偏激，便對他的作品疏遠了。

第三位金庸。盛名響遍大中華。

我寫過評過金庸小說的文章不少，也公開講過很多與金庸及其著作相關的議題，在此，我只好簡單地說他的作品「網羅人情世道，撫人心竅，作品趣味性極濃」，來概括我的感受。

第四位南懷瑾。

三十年前，友人早向我推薦。說南懷瑾精通佛理。隔了十多年，另一良友說他精於儒釋道學問，一讀之下，被他的睿智和老頑童的語調氣質吸引。隨之讀了不少他的著作。我極佩服他對國故學識的博學。其中南懷瑾說過，「亂世，道家平定天下；盛世，儒家治天下」很有意思，好像沒有前人說過。

個人的經驗與寫作

蘇：您曾經做過香港商界和文學界兩大風雲人物的秘書，職務對您文學世界有何影響？

楊：職務對文學影響不大。不過，從工作中，我吸收到常人難得的經歷。比如，我為金庸工作時，他叫我負責編「三十周年社論集」，我影印和粗略涉獵了近萬篇明報社論，從中選出一千篇。那些社論，充實了我的知識與增長智慧，如入寶山。可惜後來金庸放棄出版。

長江集團那份工作，每天要閱讀全港所有的中文報紙、中文雜誌，六年多如此，讀了超過二千多天全港報章。大小新聞或特稿，左中右論調我都看。使得我看社會的觀點和角度也許比常人更闊更深。

蘇：報章雜誌的文字並非好文字，對您的文字創作會否帶來不利影響？

楊：不會。我的文字受金庸作品影響最大，我認為金庸小說是最好的語體文。多讀報章雜誌主要是吸收知識與資訊，對社會有較全面，較深刻的認識。

蘇：談談您在教學與文學的成就，是否滿意？

楊：至今出版了十八本著述。香港公共圖書館有藏。

我在香港公開大學（今稱香港都會大學）兼課超過二十年，曾教「古典小說」和「商業文書寫作」，也許我把「商業文書」這類學問普及吧！另外，在中文大學進修學院教「中國文化歷史專題」和「小說與散文寫作」，或者能影響一些後進學生。

蘇：您對香港文學界及年輕文學愛好者有何寄語？

楊：「認識文學，親近文學，會更懂得欣賞生活，更懂得享受生命。」這是我對年輕人說的話。

蘇：謝謝您的談話。

楊：談得暢快，謝謝！

責任編輯　許正旺
書籍設計　陳朗思
書籍排版　陳先英

書　　名　金庸小說與文學
著　　者　楊興安
出　　版　三聯書店（香港）有限公司
　　　　　香港北角英皇道四九九號北角工業大廈二十樓
香港發行　香港聯合書刊物流有限公司
　　　　　香港新界荃灣德士古道二二〇至二四八號十六樓
印　　刷　美雅印刷製本有限公司
　　　　　香港九龍觀塘榮業街六號四樓A室
版　　次　二〇二四年二月香港第一版第一次印刷
規　　格　三十二開（130mm × 190mm）三二八面
國際書號　ISBN 978-962-04-5404-2